SOPROS

SOPROS

VICTORIA LACHAC

Copyright © 2017 de Victoria Lachac.

Coordenação editorial
Diana Szylit

Projeto gráfico, diagramação e capa
Maurelio Barbosa | designioseditoriais.com.br

Preparação
Barbara Eleodora Benevides Arruda

Imagem da capa
Dayvid Mendes

Revisão
Elaine Fares
Daniela Georgeto

Dados Internacionais de Catalogação na Publicação (CIP)
Andreia de Almeida CRB-8/7889

Lachac, Victoria

Sopros / Victoria Lachac. — São Paulo : Labrador, 2017.
184 p.

ISBN 978-85-93058-48-6

1. Ficção brasileira I. Título

17-1355   CDD B869.3

Índices para catálogo sistemático:
1. Ficção brasileira

Editora Labrador
Diretor editorial: Daniel Pinsky
Rua Dr. José Elias, 520 – Alto da Lapa
05083-030 – São Paulo – SP
Telefone: +55 (11) 3641-7446
Site: http://www.editoralabrador.com.br
E-mail: contato@editoralabrador.com.br

A reprodução de qualquer parte desta obra é ilegal e configura uma apropriação indevida dos direitos intelectuais e patrimoniais do autor.

Aos meus queridos pais e avós,
meus melhores amigos,
que sempre me apoiaram
para que eu pudesse realizar
meus sonhos.

Sumário

Querido Anjo *(em memória de Marcelo Beserra)* 9

Agradecimentos 11

1. O bem e o mal 13
2. Charlotte conhece Jillian 17
3. Um novo companheiro 21
4. Diferente? 27
5. A primeira disputa de sopros 31
6. Naomi e Liam 35
7. Sentimentos confusos 39
8. Punições e fofocas 45
9. Mais sopros 49
10. Provocações 55
11. *Milk-shakes* 63
12. Charlotte conversa com Hillary 69
13. Pintando as asas 75
14. *Tewazes* 81

15. A verdade é revelada 87
16. Conversas misteriosas 93
17. Encontrando Hillary novamente............................... 99
18. A festa de Jillian 105
19. Encontro com os amigos... 113
20. Melbourne 119
21. O segredo de Lucy 129
22. Encontro com as amigas e mais uma pessoa............. 137
23. Estocolmo 145
24. A pior notícia de todas 151
25. Adeus?... 157
26. Uma conversa com Deus 163
27. Bebês *tewazes*.. 171
28. A verdade sobre Hillary 179

Querido Anjo

*(em memória de Marcelo Beserra,
um amigo inesquecível e muito querido)*

Homem gentil, homem feliz
Sorriso doce como o de uma criança
Quando de você me vem uma lembrança
Fico alegre ao lembrar do quanto você me fez rir
Além de divertido, era bondoso
Tinha um coração de ouro, era caridoso
Não gostava nem um pouco de futricas
Porque seu espírito era de um anjo

Descanse em paz, meu querido anjo,
Porque de trazer alegria para este mundo
Você foi totalmente capaz
Tenho certeza de que você protegerá
Muitas pessoas deste planeta,
Pois sua energia é boa, é uma beleza
E em sua alma não falta pureza

As pessoas que te terão como anjo da guarda
Serão muito abençoadas, privilegiadas
Saiba que todos que conviveram com você
Ainda lembram de sua energia positiva
Ainda lembram de sua alegria enorme

VICTORIA LACHAC

Você talvez esteja mais feliz enquanto dorme
Eternamente no divino paraíso
Do que se estivesse nesse mundo cruel

Não deixe que ninguém roube de você, anjo,
Suas melhores qualidades, suas peculiaridades
Que fizeram todos te amar durante sua vida
Tenho certeza de que no céu todos te amarão também
Porque em minha vida nunca conheci ninguém
Que não se sentia bem ao seu lado
Você tinha seus defeitos, mas maldade não era um deles
E sei muito bem que nunca será

Agradecimentos

Ao meu pai, Ricardo, que foi uma das pessoas que mais me apoiaram para publicar meus livros, e à minha mãe, Solange, que me deu várias dicas e está sempre ao meu lado quando preciso.

À minha tia, Fernanda, que me incentivou, me deu apoio e dedicou seu tempo lendo alguns textos meus e me apresentou ao meu editor.

Ao meu querido avô Antonio, que leu meus livros e fez comentários que me ajudaram, e à minha avó Idalina, que também os leu com carinho.

1

O bem e o mal

Muitas pessoas não acreditam em forças superiores à do homem. Muitas delas acham que estão sozinhas neste mundo. Mas a verdade é que não estão. O mundo é controlado por duas forças poderosas: o bem e o mal. Do lado do mal temos as almas infernais, os demônios, os diabos e os demônios supremos, e do lado do bem temos os santos, os arcanjos e os anjos. Quando uma pessoa nasce, um anjo é designado para protegê-la e levá-la ao caminho do bem. As pessoas geralmente veem e falam com seu anjo até o momento em que se relacionam com a maldade pela primeira vez; a partir de então passam a não enxergá-lo mais e se esquecem dele. Depois da última vez que a criança vê seu anjo e fala com ele, um demônio é designado para levá-la ao caminho do mal. Tanto o demônio quanto o anjo passam então a acompanhar a criança.

A maldade tem três níveis no inferno: baixo, médio e alto. As almas infernais têm maldade de nível baixo, os demônios têm maldade de nível médio e os diabos, de nível alto. Os demônios são espíritos de pessoas que foram muito más e que cometeram muitos pecados antes de sua morte, têm olhos vermelhos e asas pretas, feitas de penas de cisnes negros mortos. Existem também demônios que foram anjos, mas que foram expulsos do céu por terem se voltado para o mal: são os anjos caídos. Cada demônio é enviado para rivalizar com um anjo. Os demônios, que tanto podem ser homens como mulheres, são quase imortais, já que existem duas coisas que os matam: fogo e água benta. Os demônios se vestem de diferentes maneiras, mas usam um acessório em comum: um colar com um pingente de pentagrama, o símbolo dos demônios. Os diabos são espíritos de humanos que fizeram muito mais maldades que os demônios e as almas infernais quando vivos, têm asas maiores que as dos demônios e moram em grandes palácios. Os demônios supremos são os chefes do inferno e dão ordens aos demônios e aos diabos. As almas infernais são escravas eternas dos diabos.

A bondade também tem níveis: baixo, médio e alto. Os anjos são criaturas que têm nível médio de bondade, aparência humana e podem ser homens ou mulheres, assim como os demônios. Eles têm, como principais características, asas brancas, olhos lilases e puros, e cabelos ondulados. Os anjos sempre usam uma auréola na cabeça, têm um brilho celestial em suas asas brancas e geralmente são pessoas que fizeram o bem antes de morrer. Existem também os anjos caídos, que são anjos que se tornaram demônios. Uma curiosidade é que os anjos caídos, embora não sejam anjos como eram antes, também têm brilho celestial em suas asas. A quantidade desse brilho, porém, é bem menos significativa nas asas dos anjos caídos do que nas asas dos anjos. Isso é muito curioso, porque eles são demônios e perderam todas as suas características de anjo a partir do momento em que se tornaram demônios. O motivo de os anjos caídos ainda terem brilho nas asas é um grande mistério. Enfim, depois que uma pessoa morre e vira anjo, ganha asas brancas, que são feitas com penas de cisnes mortos, e mantém a aparência que tinha antes de morrer. Ao contrário dos demônios, os anjos sempre vestem as mesmas roupas: os anjos que são mulheres usam vestidos azuis-claros ou rosas e sapatilhas beges, e os que são homens vestem túnicas azuis, verdes ou brancas e andam descalços. Todos os anjos usam um crucifixo no pescoço. Ao chegarem ao céu, eles fazem três votos: o voto de simplicidade, que é sempre viver apenas com o necessário; o voto de eterna solidão, que é nunca se casar ou namorar; e o voto de bondade, que é fazer apenas o bem durante a vida toda. A função dos anjos é proteger os humanos e guiá-los no caminho do bem. Como os humanos têm livre-arbítrio, os anjos não os obrigam a fazer nada, apenas sopram nos ouvidos dos humanos, enviando mensagens do bem para a consciência deles, para que eles sigam o caminho do bem em suas decisões. Os demônios também sopram nos ouvidos dos humanos para que eles sigam o caminho do mal em suas decisões. Geralmente o anjo e o demônio de cada pessoa sopram juntos no momento em que ela precisa tomar uma decisão; quem sopra mais forte ganha a consciência da pessoa. Quanto maior o número de sopros bem-sucedidos, mais forte fica o anjo ou o demônio. Anjo e demônio não só influenciam a pessoa de que cuidam juntos mas também se influenciam reciprocamente durante sua convivência.

Existem sentimentos demoníacos, como ódio, inveja, orgulho, vingança, preguiça, mentira e vaidade, e sentimentos angelicais, como amor, sensibilidade, piedade, perdão, humildade, moralidade, honestidade, caridade e respeito ao próximo. Quando um demônio sente algo angelical por acidente, uma mancha branca se instala em uma de suas asas pretas. O tamanho da mancha varia segundo a profundidade do sentimento. Quando isso acontece com um demônio, os demônios supremos o punem severamente e depois tiram a mancha da asa com uma espécie de ritual. Um anjo também pode sentir algo demoníaco por acidente. Quando esse ódio é muito profundo, uma mancha preta aparece em uma de suas asas brancas. Essa mancha é retirada com um ritual feito por Deus. Só é permitido ao anjo ter três pensamentos demoníacos; na quarta vez, ele é expulso do céu. Isso também vale para os demônios. As manchas na asa de um demônio ou de um anjo devem desaparecer no máximo em dois dias após o ritual; se isso não acontecer, o anjo ou o demônio podem ser expulsos de seu reino. Caso a mancha aumente, o demônio é punido ainda mais severamente; se a mancha envolver uma asa e meia, aos poucos ele vai sendo desintegrado até se tornar apenas *espéctrions*, cinzas espectrais. Se isso acontece com o anjo, ele é enviado para um julgamento.

Os arcanjos e os santos são criaturas com nível alto de bondade. São espíritos de humanos, assim como os anjos, e podem ser tanto homens quanto mulheres, moram no céu permanentemente e têm asas maiores e mais reluzentes que as dos anjos. Os arcanjos são chefes diretos dos anjos (cada anjo tem um arcanjo como chefe), e os santos são mensageiros de Deus e chefes dos arcanjos. As almas celestiais são espíritos de pessoas que têm nível baixo, porém suficiente de bondade e que ficam eternamente vagando pelo céu. Acima de todas essas criaturas celestiais está Deus, que criou todo o mundo, abençoa as pessoas e atende às preces de todos.

Embora o amor seja considerado um sentimento angelical, os anjos normais (assim como os demônios) não se apaixonam. Existem, porém, os anjos de asas unidas, que são muito raros, cujas asas se originaram das penas do mesmo cisne. Os anjos de asas unidas são pessoas que morrem e se tornam anjos no mesmo dia, na mesma hora e no mesmo minuto. Eles têm uma conexão especial desde que entram no céu, se identificam muito e naturalmente se apaixonarão em algum momento. O amor que existirá entre eles será tão forte que, mesmo não podendo se casar, por serem anjos, eles ficarão juntos e unidos eternamente. O amor entre anjos de asas unidas é o único amor no mundo que é impossível ser passageiro.

Existem milhões de anjos no céu do planeta. Entre eles está Charlotte Harris, que nasceu em Melbourne, na Austrália, e morreu de leucemia aos 27 anos. Charlotte era um anjo de longos cabelos castanho-escuros, sedosos e ondulados nas pontas. Ela tinha a pele branca, os lábios rosados e olhos verdes quando viva, mas eles ficaram lilases quando ela se tornou anjo. Quando viva, Charlotte era médica e trabalhava em dois hospitais. Sempre reservava três dias na semana para visitar instituições de caridade. Gostava de ler para crianças doentes e de cuidar de idosos em asilos. Participou da organização Médicos sem Fronteiras com o objetivo de cuidar de pessoas doentes em países muito pobres. A melhor amiga de Charlotte era Paula Velásquez, uma enfermeira nascida em Monterrey, México, que morreu aos 36 anos devido a um erro médico em uma cirurgia de emergência. Paula tinha cabelos lisos e escuros, pele levemente morena e olhos castanho-escuros quando viva. Ela era uma mulher bonita, assim como Charlotte.

Depois de um mês sem missões, Charlotte foi designada para proteger a menina Jillian Morgan, que havia acabado de nascer em São Francisco, nos Estados Unidos. Nenhum demônio havia sido chamado ainda para atrapalhar a missão de Charlotte, mas em breve isso aconteceria. O demônio escolhido para atrapalhar Charlotte seria Erik Lundström, nascido em Estocolmo, na Suécia. Ele era alto, tinha cabelos curtos e castanhos e pele bastante clara. Possuía bonitos olhos azuis quando vivo, que ficaram vermelhos quando ele se tornou demônio. Erik trabalhava em uma empresa de telecomunicações. Insatisfeito com o serviço, ele "hackeava" todos os computadores da empresa e alterava vários documentos para prejudicar seus chefes. Certo dia, com raiva por ter sido demitido, Erik matou seus chefes. Após fugir da prisão, trabalhou como faxineiro em uma loja porque nenhuma outra empresa o aceitava, e nessa época matou ainda mais pessoas. Ele também costumava roubar e pichar paredes para se divertir. Morreu atropelado por um carro aos 27 anos porque sofreu um grave traumatismo craniano.

Charlotte e Erik disputaram a consciência de Jillian o tempo todo, pois sabiam que quem se saísse pior em sua função acabaria enfraquecendo, sem, entretanto, desaparecer, porque toda pessoa tem um anjo e um demônio junto dela até o fim de seus dias.

Charlotte conhece Jillian

Certo dia, Charlotte estava voando pelo céu ao lado de Paula. Charlotte usava um vestido rosa e um crucifixo no pescoço. Paula também usava um crucifixo, mas seu vestido era azul. A missão de Paula havia terminado recentemente com Isabella Ferrara, uma italiana que morrera alguns dias antes e a quem ela protegera por toda a vida. Paula estava abalada com a morte de Isabella, que era uma ótima pessoa, uma das melhores a quem Paula tinha protegido.

— Dios mio![1] Eu não consigo acreditar! Tantos anos acompanhando Isabella junto com aquele demônio e agora ela morreu?! – disse Paula, muito triste.

— Acalme-se, elimine essa raiva, não queremos nenhuma mancha preta na sua asa! A vida das pessoas tem começo, meio e fim. Não há nada que possamos fazer sobre isso – disse Charlotte, tentando acalmar Paula. Se a raiva sentida por Paula fosse muito grande, sua asa poderia apresentar uma mancha.

— Eu sei, Charlie, mas eu adorava a Isabella. Ela tinha um coração lindo! Tinha um belo futuro pela frente... – disse Paula, ainda mais triste.

— Eu entendo, mas todas as pessoas morrem. O importante é que ela vai ficar para sempre no seu coração – disse Charlotte, sorrindo.

— Faz tempo que você não entra em uma missão. Deve ter se esquecido da sensação de perder seu protegido...

---

1 "Meu Deus", em espanhol.

— É claro que não esqueci, Paula. O problema é que nós, anjos, passamos por perdas o tempo todo e, se ficarmos desesperados cada vez que isso acontecer, ficaremos totalmente malucos! – disse Charlotte, rindo.

— Você tem razão, mi amiga.[2] Estou sendo muito infantil. Mas é tão ruim perder alguém de quem você gosta muito... – comentou, chorando.

Charlotte abraçou-a e, no mesmo momento, começou a sumir.

— O meu arcanjo deve estar me chamando, Paula! Finalmente terei uma missão! – disse Charlotte, feliz.

— Que legal! – disse Paula, também feliz.

Depois de sumir completamente da vista de Paula, Charlotte reapareceu nos aposentos de seu arcanjo, Jack, que ficava em uma grande nuvem. Jack, que estava sentado em uma cadeira dourada, levantou-se ao ver Charlotte.

— É um prazer vê-lo, arcanjo Jack. O que houve? – perguntou Charlotte.

— Uma criança nasceu há alguns dias em São Francisco, nos Estados Unidos. O nome dela é Jillian Morgan. É filha do casal Faith e Peter Morgan. São Pedro me incumbiu de designar você como anjo da guarda de Jillian. Você aceita a missão? – perguntou Jack.

Charlotte ficou muito feliz naquele momento e disse, sorrindo:

— Mas é claro! Quando eu posso começar a protegê-la?

— Pode começar já. Vou transportá-la para a casa de Jillian agora mesmo. Como você sabe, em breve você terá que disputar sua protegida com o demônio que será designado para tentar levar Jillian para o mal! Tome cuidado, Charlotte! – disse Jack, preocupado.

— Pode deixar.

No mesmo instante, Jack transportou Charlotte para a rua onde morava Jillian, em São Francisco. Ao chegar lá, Charlotte voou até a casa da menina, baixou as asas, atravessou a parede e foi conhecê-la. Ela estava em seu quarto, chorando. Os pais faziam de tudo para acalmá-la. Charlotte sentiu pena deles e se aproximou da menina para vê-la melhor.

— Não sei mais o que fazer – disse Peter, preocupado.

— Eu também não... – disse Faith.

Charlotte então se aproximou mais de Jillian e fez um carinho em seu rosto. Ela parou de chorar na hora e ficou olhando fixamente para Charlotte. Jillian era a única que podia vê-la e ouvi-la. Os pais ficaram boquiabertos.

— Como isso aconteceu... do nada?! Bebês são estranhos... – disse Faith.

---

2 "Minha amiga", em espanhol.

– Sim. Para o que será que a pequena Jill está olhando tão atentamente? – perguntou Peter.

– Talvez ela esteja hipnotizada com o papel de parede – respondeu Faith, rindo.

Charlotte sorriu e disse:

– Olá, Jill. Eu sou Charlotte, seu anjo da guarda. Estarei aqui sempre que você precisar.

Com o passar do tempo, Charlotte e Jillian foram ficando cada vez mais amigas. Jillian não fazia nada sem antes contar a Charlotte e a abraçava com frequência, o que assustava seus pais. Charlotte estava ao lado de Jillian quando ela começou a andar, falar, correr e aprender coisas. Quando se sentia sozinha, Jillian sempre chamava Charlotte. Na maior parte do tempo, os anjos ficam ao lado de seus protegidos, mas às vezes eles se afastam para descansar um pouco. Poucas vezes Charlotte se afastou de Jillian, que logo percebia sua falta e a chamava de volta.

Com o passar dos anos, Jillian passou a solicitar menos a presença de Charlotte.

Certo dia, muitos anos depois, Jillian estava em seu quarto terminando a lição de casa e resolveu chamar Charlotte para conversar.

– Charlie! Preciso falar com você! – disse Jillian.

A babá de Jillian, Heather, estranhou e disse:

– O meu nome é Heather, não Charlie. O que foi, minha querida?

– Eu não estou chamando você. Estou chamando a Charlie. – Heather deu de ombros e foi comer chocolate na cozinha.

Charlotte estava conversando com Paula no céu quando ouviu o chamado de Jillian. Voou então até o quarto da garota, pousou no chão do quarto, baixou suas asas e perguntou:

– O que houve, Jill?

– Preciso de sua ajuda, Charlie. A minha amiga Marjorie me xingou de idiota hoje na escola porque eu não sabia fazer os exercícios de Matemática. Eu a ignorei no intervalo, mas não sei o que fazer quando a encontrar amanhã... – disse Jillian, chorando.

– Acalme-se, minha querida. O que você deve fazer é conversar com a Marjorie, perguntar o motivo de ela ter feito o que fez. Se ela pedir desculpas, continue sendo amiga dela; caso contrário, afaste-se dela por alguns dias até que ela fique com peso na consciência e te peça desculpas – disse Charlotte, sorrindo.

– Você não está entendendo. É a terceira vez que ela me xinga. Já estou cansada. Está na hora de eu tomar uma atitude – afirmou Jillian, brava.

Nesse momento, Charlotte percebeu um brilho roxo por todo o seu corpo. "Não! Isso não pode acontecer justo agora!", pensou Charlotte, triste. Isso significava que em breve Charlotte desapareceria completamente da visão de Jillian, o que não era um bom sinal.

— O que você pretende fazer? — perguntou Charlotte.

— Eu quero fazê-la pagar pelo que fez! Sabe o que vou fazer? Vou pegar o material dela discretamente na aula de Matemática e jogar água nele. As folhas do caderno dela ficarão ensopadas e ela nunca mais vai me xingar daquele jeito! — respondeu Jillian, chorando de raiva.

— Jillian, isso que você quer fazer com a Marjorie é vingança! É uma coisa demo... do mal! Você não pode fazer isso! — disse Charlotte, preocupada e vendo que o brilho roxo em seu corpo aumentava ainda mais.

— Eu não me importo! Ela fez algo ruim pra mim e vou fazer algo ruim pra ela de volta! Darei a Marjorie o que ela merece! — afirmou Jillian, já parando de chorar.

Charlotte respirou fundo. O brilho aumentou ainda mais rapidamente, e Charlotte desapareceu. Jillian não veria mais Charlotte. "Não! Ela não merece isso! Não agora!", pensou Charlotte, triste.

— Charlie?! Cadê você?! Charlie, volte aqui! Até você me abandonou?! Volte! Fale comigo!

No mesmo momento, Jillian começou a chorar e pensou: "Até o meu anjo da guarda me abandonou? Estou sozinha neste mundo mesmo...".

Charlotte viu então uma figura surgindo atrás de Jillian, ganhando forma rapidamente. Depois de totalmente formada, a figura revelou sua aparência: um homem branco, bonito, de olhos vermelhos, cabelos castanho-escuros, asas pretas e um brilho alaranjado. Ele usava camiseta cinza, jaqueta preta, calça jeans, tênis pretos e um colar com um pingente de pentagrama marrom, que era o símbolo dos demônios. "Isso era o que eu temia...", pensou Charlotte, olhando para o homem, que na verdade era um demônio.

3

Um novo companheiro

Charlotte sentiu repulsa ao ver aquele demônio, embora ele fosse mais bonito do que o normal. Ela não gostava nem um pouco de demônios e os achava bobos e espertos ao mesmo tempo, o que a fazia gostar ainda menos deles. Mas não sentiu tanta repulsa assim por Erik Lundström.

– Essa menina resolveu cometer o primeiro ato demoníaco aos 8 anos? Quem diria! É um pouco tarde para isso acontecer, você não acha, senhorita... Qual é seu nome, anjo? – perguntou o demônio.

– Ah... Charlotte Harris – respondeu Charlotte, tentando evitar olhar para o demônio.

– Prazer em conhecê-la. O meu nome é Erik Lundström. Quando Lúcifer soube que Jillian havia tido seu primeiro pensamento demoníaco, me enviou para ser o demônio dela. Terei o maior prazer em afundar você, Charlotte – disse Erik, rindo.

– Você jamais vai conseguir me afundar, Erik. Jillian está agindo assim por impulso. Por dentro ela é uma boa pessoa.

– Somente nossos sopros vão desempatar o jogo. Vamos descobrir em breve se eu estou certo ou não – disse Erik.

Erik então soprou no ouvido de Jillian.

Jillian não podia ver, ouvir ou sentir Charlotte nem Erik, então ela não sentiu o sopro, apenas o absorveu.

– Eu mal posso esperar pra fazer a minha amiga pagar pelo que fez – disse Jillian, rindo.

Charlotte olhou fixamente para Erik e pensou, um pouco assustada: "Ele tem alguma coisa de diferente. Consigo ver nos olhos dele".

– Essa você perdeu. Um a zero para mim. Aliás, não pude deixar de notar que você é um anjo muito interessante, senhorita Charlotte – disse Erik.

No mesmo instante, ele lançou um brilho amarelo forte em Jillian.

– O que você fez com ela? – perguntou Charlotte, preocupada.

– Eu a fiz esquecer da sua existência. Isso é o que todos os demônios devem fazer quando são convocados para uma missão.

– O que você quis dizer com "muito interessante"? – perguntou Charlotte, completamente confusa. E pensou: "O que será que esse tal Erik tem de diferente? Eu não consigo identificar o que é...". Nesse momento, a voz do arcanjo Jack disse na consciência de Charlotte: *Pare de pensar besteiras! Ele é só um demônio comum.* Mas Charlotte tinha certeza de que havia algo mais a ser descoberto.

– Quero dizer que você é... diferente dos padrões angelicais. Você é mais bonita e tem a voz menos irritante – disse Erik, examinando Charlotte com o olhar.

"Ele também acha que eu tenho algo de diferente? Que estranho... Bem, é provável que ele só esteja tentando me manipular", pensou Charlotte, dando de ombros.

– Obrigada – disse Charlotte, achando estranho aquele elogio.

– Charlotte, por enquanto Jillian não precisa de nós. Então... que tal darmos uma volta? Assim podemos nos conhecer melhor.

Charlotte deu de ombros novamente. Erik e Charlotte então saíram da casa de Jillian e foram andar um pouco pelas ruas de São Francisco. Charlotte estava um pouco assustada com a ideia de conversar com Erik, mas sabia que o máximo que ele poderia fazer seria provocá-la. E ela estava psicologicamente preparada para isso. Charlotte estava acostumada com demônios, então sabia o que fazer caso Erik começasse a dizer coisas de que ela não gostasse.

– Então... como é viver no céu? – perguntou Erik.

– Eu gosto bastante. É um lugar cheio de paz, bonito e infinito. Gosto de voar por lá. Os anjos moram em casas que ficam sobre as nuvens. Elas são muito bonitas e aconchegantes. É um lugar de onde você não quer sair nunca – respondeu Charlotte, feliz ao se lembrar.

– Entendi. Eu moro lá nas profundezas do inferno, como você já sabe. Lá todos podem fazer o que querem! Podem correr nos jardins de espinhos, colocar agulhas nos amigos, pintar os cabelos, destruir as fortalezas um do outro, roubar coisas... É incrível! – disse Erik, também feliz ao se lembrar.

– Não parece incrível para mim... – comentou Charlotte.

– Você com certeza achará o inferno maravilhoso quando for até lá. Parece Las Vegas! – disse Erik. E continuou: – Quantas vezes você já foi enviada para o mundo dos humanos?

– Eu fui enviada para realizar missões no mundo dos humanos duas vezes. Esta é a terceira. Faz pouco tempo que sou anjo.

– Eu também só fui enviado duas vezes. Você tem quantos anos de morte e de vida?

– Tenho 24 anos de vida e 20 anos de morte.

– Eu também tenho 24 anos de vida e 20 anos de morte! Que coincidência! Além de termos nascido no mesmo ano, nós morremos no mesmo ano! Eu nunca tinha conhecido alguém que tenha morrido no mesmo ano que eu! – comentou Erik, surpreso.

Charlotte franziu a testa e pensou, assustada: "Um demônio que nasceu e morreu no mesmo ano que eu? Nunca tinha visto isso...".

– Eu também não conheci ninguém que tenha nascido e morrido no mesmo ano que eu. E como você morreu?

– Fui atropelado por um carro. E você?

– Morri de leucemia – respondeu Charlotte, triste ao se lembrar.

– Que pena... Em que mês você morreu?

– Em maio. E você?

– Eu também! Morremos no mesmo ano e no mesmo mês! Isso é muita coincidência! – disse Erik, assustado.

"Que estranho...", pensou Charlotte, também assustada.

– É muita coincidência mesmo...

– Onde você nasceu?

– Nasci em Melbourne, na Austrália. Você também nasceu na Austrália? – perguntou Charlotte, examinando Erik com o olhar.

– Não, eu nasci em Estocolmo, na Suécia. Por que você acha que eu nasci na Austrália?

– Não sei dizer muito bem, Erik. Eu só acho que já o vi em algum lugar. Você me parece familiar... – disse Charlotte, analisando o rosto de Erik.

– Se você me viu por aí eu não sei, mas eu não me lembro de ter visto você – afirmou Erik, achando estranho o comentário de Charlotte.

– Então deixe isso pra lá. Devo ter confundido você com outra pessoa ou anjo. Não sei – disse Charlotte, rindo.

— Com certeza — disse Erik, rindo também.

— O que você fez para se tornar um demônio? — perguntou Charlotte, curiosa.

Erik ficou muito tenso com a pergunta. Charlotte estranhou.

— Ah, eu... sacaneava muito o pessoal da empresa em que eu trabalhava, fui demitido e nunca mais entrei em outra empresa porque fui preso por estrangular meus chefes, então resolvi ser faxineiro de uma loja. Revoltado, resolvi estrangular ainda mais pessoas. Além disso, eu pichava paredes, queimava árvores e roubava para me divertir — contou Erik, rindo.

"Esses demônios são mesmo muito estranhos...", pensou Charlotte.

— Nossa... Isso é horrível! — comentou Charlotte.

— Por isso é tão legal! Aliás, o que você fez de tão bom para se tornar um anjo?

— Bem, eu era uma médica que ajudava várias instituições carentes e que participou do programa Médicos sem Fronteiras. Médicos de todo o mundo são mandados a países extremamente pobres. Ficam lá por alguns anos tratando de pessoas doentes — contou Charlotte.

"Esses anjos são mesmo muito estranhos...", pensou Erik.

— Que besteira! Quem liga para pobres doentes? Fala sério! — disse Erik.

— Não fale assim! Ajudar as pessoas faz muito bem para a saúde, e quanto mais pessoas saudáveis no mundo, melhor! — afirmou Charlotte.

— Você que sabe... — disse Erik, tirando uma barra de chocolate Lindt do bolso e a mordendo.

— O que você está comendo?

— É chocolate amargo suíço. *En glädje*.[1] Quer um pouco? Roubei ontem de uma mulher.

— Não, obrigada. Anjos não comem coisas chiques e desnecessárias, muito menos coisas roubadas.

— Que triste... — disse Erik, rindo.

— Não é triste! É correto! — disse Charlotte, brava.

"O Erik está me provocando, mas mesmo assim dá pra perceber que ele tem algo de diferente dos demais demônios! Queria descobrir o que é...", pensou.

— Você que sabe. Existem muitos demônios que eram anjos, você pode ser um deles e ser bem mais feliz — afirmou Erik, piscando com o olho esquerdo.

---

1 "Uma delícia", em sueco.

— Pare já com isso! — disse Charlotte, irritada.

"Gostei dessa Charlotte. Ela fica irritada de um jeito engraçado e parece ser mais forte do que imaginei", pensou Erik.

— Naturalmente eu vou tentar convertê-la para o mal, e você vai tentar me converter para o bem. É isso que faz de nós o que somos: a disputa constante — afirmou Erik, rindo.

"Ele não deixa de ter razão", pensou Charlotte.

— Bem, eu não me sinto muito confortável falando com você, então é melhor eu ir para o céu conversar com outro ser.

— Você está com uma má impressão de mim porque sou um demônio, mas vai gostar de mim com o tempo, tenho certeza. Aliás, já falei que você é muito bonita?

— Pare com isso, Erik — disse Charlotte, voando para o céu.

"Ela tem alguma coisa diferente", pensou Erik.

Erik então desceu até o inferno para encontrar os amigos. Charlotte estava intrigada com Erik. Pensou em falar com Paula. Talvez ela pudesse lhe dar alguma luz sobre o assunto.

"Eu ainda vou descobrir o que o Erik tem de diferente. E eu sei que não é o fato de ele ser bonito que o torna diferente. É outra coisa...", pensou Charlotte.

4

Diferente?

Depois de voar alto até o céu, Charlotte foi à casa de Paula conversar com ela. A casa de Paula era um lugar bem simples, sem nenhum objeto de decoração ou coisas extravagantes, assim como a casa de todos os anjos e arcanjos.

— O que houve, *mi amiga*? Você parece preocupada.

— Hoje eu conheci o demônio da Jillian. Fiquei intrigada com ele... – disse Charlotte.

Antes que ela pudesse terminar a frase, Paula a interrompeu:

— É óbvio que você ficou intrigada, afinal, ele é um demônio! É um ser do mal!

— Era exatamente sobre isso que eu gostaria de falar com você. Eu senti que há algo de diferente naquele demônio. Quando olhei em seus olhos, senti algo sobre ele que ainda precisa ser revelado – disse Charlotte.

— Como assim?

— Quando olhei nos olhos dele, automaticamente me lembrei do dia em que morri e me tornei um anjo, e também de um homem muito parecido com ele que tinha olhos azuis.

— Que esquisito... E esse "homem" era um demônio, um anjo ou uma pessoa?

— Eu não me lembro. Esse é o problema. Só tenho certeza de uma coisa: essas coisas de que eu me lembrei têm alguma ligação entre si e também têm uma ligação com o demônio que conheci.

— Você tem certeza, Charlie? Você pode estar enganada – disse Paula.

— Eu tenho certeza quase absoluta.

— Então você tem apenas "quase" certeza! De onde você tirou a ideia de que essa sua lembrança instantânea tem a ver com esse demônio? – perguntou Paula, confusa.

— Eu apenas tive uma sensação... Olhei nos olhos dele, essas lembranças vieram a minha mente e senti que elas estavam relacionadas com ele.

— Tudo bem... E por que você veio me procurar, afinal? O que eu tenho a ver com isso? – disse Paula, rindo.

— É que você é a minha melhor amiga e morreu antes de mim; então imaginei que talvez você soubesse de alguma coisa que eu não sei.

— Por que eu saberia?

— Porque você vive no céu há mais tempo que eu, então deve saber um monte de coisas que eu não sei e conhecer um monte de seres que eu não conheço! – afirmou Charlotte, rindo.

— Eu sou um anjo, não um arcanjo! Quem geralmente sabe dessas fofocas sombrias são os arcanjos! – disse Paula, rindo.

— Eu sei, mas os arcanjos são nossos chefes e só contam fofocas entre eles, nunca para nós, anjos. Então pensei que você talvez seja a única pessoa com quem eu possa conversar sobre isso.

— *Dios mio!* Ao menos me dê mais pistas. Não consigo me lembrar de nada de diferente com base só nessas lembranças que você teve... – afirmou Paula.

— Bem, além dessas duas coisas, me lembrei de mais uma, mas não foi muito clara. Enfim, eu me lembrei também de ver uma auréola na cabeça de um anjo homem ou mulher que não reconheci e também de uma cena de Deus muito irritado.

Paula começou a pensar, até que se assustou um pouco e perguntou:

— Tem certeza de que foram mesmo essas as lembranças que vieram à sua cabeça naquele momento? – perguntou Paula.

— Mais ou menos. Como eu disse, essas lembranças não estavam muito claras na minha cabeça, então...

— Mas você tem certeza das coisas que lembrou, certo?

— Acho que sim.

— Qual é o nome do demônio que você disse ter relação com as lembranças estranhas?

— Erik.

— E o sobrenome dele? Você se lembra qual é?

— Sim, é Lundström. O nome dele é Erik Lundström.

Paula começou a se lembrar de algo, que ficava cada vez mais claro em sua cabeça. Depois que a lembrança ficou clara, ela sentiu um frio na barriga e ficou muito surpresa.

Vendo a expressão da amiga, Charlotte levantou as sobrancelhas e perguntou:

— Você tirou alguma conclusão sobre as minhas lembranças ou não?

Paula começou a suar. Não sabia o que dizer, mas tinha certeza de que, se contasse, talvez se arrependesse. Paula simplesmente congelou.

— Eu... – disse Paula, tensa.

— Fale, Paula! Do que você se lembrou? – disse Charlotte, apreensiva.

— Tem certeza de que o nome dele é Erik Lundström? – perguntou Paula, limpando uma gota de suor de sua testa.

— Sim! Agora me diga do que você se lembrou! – pediu Charlotte.

Paula respirou fundo duas vezes e disse:

— Infelizmente não me lembrei de nada. Sinto muito. Tentei vasculhar na minha memória, mas nada apareceu. Pergunte ao arcanjo Jack. Quem sabe ele diga alguma coisa que eu não sei e lembre de algo. Bem, até mais, tenho um compromisso agora. – Ao dizer isso, Paula sorriu e se retirou. Quando virou de costas, Charlotte viu uma mancha preta terminando de se formar na asa direita dela.

— A mancha preta entregou você! Paula, você mentiu pra mim! Volte aqui e me conte a verdade agora! – disse Charlotte, irritada.

— Desculpe, Charlie – disse Paula, triste e voando para longe.

— Espere! Volte aqui! – chamou Charlotte, que respirou fundo para não se irritar ainda mais e foi embora rapidamente da casa de Paula.

"Eu nunca vi uma mancha preta na asa da Paula! Ela nunca cometeu atos demoníacos antes! Será que a lembrança que ela teve era tão ruim assim a ponto de fazê-la mentir para mim?", pensou Charlotte. "Agora que a Paula mentiu para mim, fiquei com mais vontade ainda de descobrir a verdade."

A primeira disputa de sopros

Depois de conversar com Paula, Charlotte resolveu dar uma volta pelo céu para relaxar e tentar esquecer o que havia se passado. No meio de seu passeio, Charlotte foi transportada para a casa de Jillian. Ela sabia que teria que disputar com Erik quem sopraria mais forte no ouvido da menina. "Hoje será a minha primeira disputa de sopros...", pensou Charlotte, um pouco tensa.

Charlotte e Erik chegaram ao mesmo tempo na casa de Jillian. Charlotte ficou preocupada com a menina. Jillian estava chorando, seu olho esquerdo estava roxo e havia alguns arranhões em seu rosto e braço, além de rasgos em sua roupa.

— Jill... Você experimentou a maldade muito cedo — disse Charlotte, triste.

No mesmo momento, Jillian disse, em tom baixo, para si mesma:

— Aquela idiota da Marjorie bateu em mim! O que faço? Me vingo? Falo com o diretor da escola? Meu Deus!

— Pegue a menina de surpresa na saída amanhã, encha ela de porrada e a ameace, Jill! — disse Erik, rindo.

— Pode parar de falar essas besteiras, demônio! A Jill não vai fazer isso! Eu a conheço muito bem! — afirmou Charlotte, brava.

— Você não conhece nada dela, Charlotte, e muito menos eu. Só vamos descobrir a verdadeira personalidade da Jill depois de soprarmos no ouvido dela. Você bem sabe que o sopro que for absorvido melhor pela consciência dela ganha — disse Erik.

"Odeio quando um demônio tem razão...", pensou Charlotte, que temia que Jillian pudesse se tornar uma pessoa má.

– Tudo bem, vamos soprar agora – disse Charlotte.

Erik concordou. Então ele e Charlotte se aproximaram de Jillian e sopraram ao mesmo tempo nos ouvidos dela. As informações que Erik enviou em seu sopro foram: "Bata na Marjorie e a ameasse caso ela diga que vai contar para alguém. Mostre seu poder sobre ela". E as de Charlotte foram: "Perdoe a Marjorie, converse com ela e conte tudo ao diretor, pois assim ela nunca mais vai bater em você". Ao receber os sopros, Jillian olhou para cima como se tivesse tido uma grande ideia.

– Acho que vou contar tudo ao diretor. Não seria nada certo me vingar da Marjorie; aliás, se eu fizer isso, ela pode até chamar outras meninas pra bater em mim junto com ela – disse Jillian.

No momento em que Jillian tomou uma decisão, Charlotte comemorou. Erik, porém, sentiu uma grande dor de cabeça, que era o que acontecia com quem perdia o sopro, ou seja, com quem não conseguia dominar a consciência da pessoa.

Entretanto, quando Erik estava perdendo as esperanças, Jillian disse:

– Mas, pensando bem... Se eu contar para o diretor e também bater nela na saída, talvez me sinta um pouco melhor.

Depois que Jillian disse isso, Erik e Charlotte sopraram nos ouvidos de Jillian novamente para influenciá-la na decisão.

Jillian então andou pelo quarto, pensou um pouco e disse:

– Quer saber? Deixa isso pra lá. Vou acabar arrumando problemas se eu fizer isso com ela.

Charlotte comemorou novamente, e a dor de cabeça de Erik piorou.

– E em relação a estudar? O que faço? Não estou com a mínima vontade, mas sei que preciso estudar, porque terei prova depois de amanhã... – disse Jillian, preocupada, a si mesma.

Erik e Charlotte sopraram no ouvido de Jillian novamente. As informações que Erik levou em seu sopro foram: "Estudar é muito chato. Vá se divertir. Estude apenas no dia da prova. Aproveite enquanto seus pais não estão perto e faça o que quiser. Estudar pode muito bem ficar para um outro dia". E as de Charlotte foram: "Aproveite seu tempo e estude. É muito melhor estudar para provas antecipadamente. Supere a preguiça, pois ela é um pecado capital". Depois de pensar bastante e absorver os sopros, Jillian tirou uma conclusão e resolveu estudar naquele momento, deixando a preguiça de lado.

"Pelo visto hoje não é o meu dia...", pensou Erik, bravo, com ainda mais dor de cabeça e gemendo por conta da dor.

"Não gosto de ver ninguém com dor...", pensou Charlotte, com dó de Erik. No mesmo instante, a voz do arcanjo Jack entrou na cabeça de Charlotte e disse: *Pare de ser manipulada por esse demônio! Você está caindo na dele, Charlotte! Deixe ele ficar com dor!*". "Não tem nada a ver, arcanjo Jack! Piedade é apenas um sentimento angelical normal! Lembre-se de que Deus disse que todos merecem piedade!", pensou Charlotte, brava com a reação do arcanjo Jack.

Jillian ficou indecisa sobre outra coisa:

— Não sei se ligo para a minha amiga ou não! É o aniversário dela, mas estou com preguiça de fazer isso...

Charlotte não sabia se soprava no ouvido de Jillian sem Erik, que estava com tanta dor de cabeça que não conseguiria soprar naquele momento. O Código dos Anjos e Demônios, escrito em parceria por Deus e pelo chefe dos demônios supremos, Lúcifer, dizia que, quando um anjo ou demônio estivesse debilitado para soprar, o outro tinha permissão para fazer o Sopro Solitário, informalmente chamado de Sopro Trapaceiro, um sopro feito apenas por um demônio ou por um anjo. Charlotte não sabia o que fazer, porque, sendo um anjo, não suportava ver ninguém sofrer. Mas mesmo para um anjo não era tão comum ter dó de um demônio.

— O que está fazendo aí parada, anjo? Sopre logo! — disse Erik, ainda com dor de cabeça.

Charlotte então pensou e disse:

— Não! Eu não posso fazer isso! — Charlotte se aproximou de Erik, estendeu a mão direita na direção dele e liberou uma fumaça prateada, o que foi amenizando sua dor aos poucos. Anjos têm esse poder de cura e o usam quando acham conveniente. Ao perceber isso, Erik disse:

— Você deveria se aproveitar dessa situação e fazer o Sopro Solitário! Por que você está fazendo isso, Charlotte?!

— Porque é isso que anjos de verdade fazem — afirmou Charlotte, lançando mais fumaça prata sobre Erik. Depois que a dor de Erik passou completamente, ele e Charlotte foram soprar no ouvido de Jillian, mas as informações que os dois transmitiram não chegaram na cabeça da menina, que continuou indecisa.

Quando um sopro não consegue penetrar na consciência da pessoa, ele é chamado de Sopro no Vácuo. Nesse caso, o anjo e o demônio da pessoa não podem mais ajudá-la na decisão, e ela precisa tomar a decisão sozinha.

— Você causou mesmo Sopro no Vácuo só para bancar a Madre Teresa de Calcutá? — perguntou Erik, inconformado e rindo.

"Respire, Charlotte, ele só está provocando você. Não deixe manchas pretas a consumirem. Você fez o que tinha que fazer", pensou Charlotte, começando a se irritar.

— Não, eu fiz isso porque tive pena de você, Erik. Os verdadeiros anjos concedem a piedade e a misericórdia a todos. Mas se você não sabe valorizar isso e só pensa em provocar os outros, o único que sai perdendo é você — afirmou Charlotte, dando de ombros e limpando o excesso de fumaça prata de suas mãos.

Erik ficou surpreso com aquele comentário curto e grosso de Charlotte, pois esperava que ela fosse surtar, xingar e ganhar manchas pretas na asa e não dizer aquilo.

— Por isso eu acho anjos extremamente estranhos e irritantes... — comentou Erik, bravo.

— Qual é o motivo dessa reclamação?

— O motivo é que você e todos os anjos são irritantes e estranhos! Irritantes porque são calmos. E estranhos porque ajudam qualquer um, mesmo que seja um assassino! — respondeu Erik, rindo, de tão inconformado que estava.

— Existe uma coisa chamada perdão e outra chamada moral. Perdoar é conceder uma segunda chance a alguém que erra. E quem tem moral respeita o próximo como a si mesmo. E eu tenho essas duas coisas. Por isso te curei.

— Bem, eu... Eu agradeço sua preocupação, Charlotte, mas eu não precisava de ajuda. Você deveria ter feito o Sopro Solitário e esperado a minha dor passar, o que com certeza aconteceria.

— Eu sei disso, mas não estava aguentando ver você sofrer daquele jeito! Detesto ver qualquer um sofrer e chorar, mesmo que esse alguém seja um demônio! Me faz muito mal ver essas coisas! — disse Charlotte, triste ao se lembrar da cena.

— Tudo bem. Muito obrigado por me ajudar. Ninguém se importa comigo geralmente. Obrigado, anjo — Erik agradeceu e virou-se para sair.

— Espere um pouco! O que você quer dizer com "Ninguém se importa comigo"? E quanto aos seus chefes? — perguntou Charlotte, confusa.

— Eles apenas dão ordens. Não se importam com os outros. É isso. Até mais. — Erik riu e se retirou antes que Charlotte dissesse mais alguma coisa.

"Ainda não entendi o que o Erik quis dizer, mas tudo bem", pensou Charlotte, ainda confusa. Como Charlotte e Erik não estavam sendo solicitados para sopros naquele momento e tudo estava bem, os dois foram embora para seus reinos para ver seus amigos.

Naomi e Liam

Depois de toda aquela conversa, Charlotte foi para o céu conversar com Paula. Já Erik foi para o inferno falar com seus dois melhores amigos: a japonesa Naomi Kimura, que se tornou demônio por ter prazer em torturar pessoas e destruir construções, e o irlandês Liam Doyle, que se tornou demônio por atirar em pessoas dentro de uma escola e pichar edificações. Naquele dia, Naomi estava usando um vestido vermelho curto, um colar com um pingente de pentagrama e botas pretas. Liam usava uma camisa cinza, bermuda azul, um colar como o de Naomi e tênis cinza. Naomi havia nascido em Tóquio e morrido com 26 anos; tinha olhos castanhos quando viva, cabelos lisos, pretos e curtos com mechas cor-de-rosa e pele muito branca. Liam havia nascido em Waterford, tinha olhos azuis quando vivo, assim como Erik, cabelos ruivos, barba serrada e pele um pouco mais branca que a de Naomi. Ambos tinham olhos vermelhos, como Erik. O inferno, onde os três estavam, é um lugar vasto, iluminado apenas por tochas de fogo e com diversas ruas cheias de lojas, restaurantes, bares e grandes casas, como uma cidade grande, em especial Las Vegas. Os demônios costumavam chamar o inferno de "cidade escura". Quando Erik se aproximou de Naomi, ela arrumou seu cabelo e disse, rindo:

— Olá, Erik! Qual anjo você vai deixar no chinelo desta vez? Ouvi falar que você recebeu uma nova missão...

— Recebi uma missão para ser o demônio de Jillian Morgan, uma menina americana. O meu oponente é um anjo chamado Charlotte Harris, que é uma mulher australiana. Já ouviram falar dela? – perguntou Erik.

— Eu ouvi falar que a maioria dos protegidos dela acabam se tornando bonzinhos e babacas, então tome muito cuidado... – comentou Liam.

— Quem te falou sobre ela? – perguntou Erik.

— O chefe. Ele disse que ela é um dos anjos mais perigosos que existem, com grande poder de manipulação – respondeu Liam.

— Anjos não manipulam pessoas, Liam. Os demônios fazem isso. A única coisa que os anjos fazem é atrapalhar nosso trabalho – afirmou Erik, rindo.

— Na verdade, nós é que atrapalhamos o trabalho deles. A missão dos anjos é proteger as pessoas do mal, e nós os atrapalhamos com nossos sopros, o que é muito divertido... – riu Naomi.

— Bem, antes de falarmos sobre isso, vamos beber um pouco. Nada melhor do que um pouco de álcool! – disse Liam.

Erik e Naomi concordaram, e os três caminharam até um lugar com vários bares. Acharam um que estava quase vazio e entraram.

— Eu gostaria de uma dose de uísque Ballantine's – pediu Erik.

— Eu quero uma dose dupla de vodca Absolut sabor pêssego – pediu Naomi.

— Eu vou querer uma cerveja Budweiser – pediu Liam.

No mesmo momento, o *barman* anotou os pedidos e começou a colocar as bebidas nos copos.

— É sério mesmo que você pediu uma cerveja, Liam?! Péssima escolha! Cerveja é tão fraca que até anjos e arcanjos bebem! – comentou Naomi.

— Não exagere, Naomi. Os seres celestiais não bebem álcool – afirmou Liam.

— Eles não vivem, você quer dizer. Não tomam álcool, não consomem coisas importadas, não roubam os humanos nos fins de semana... – comentou Erik, rindo muito. Liam e Naomi riram também.

O *barman* então terminou de colocar as bebidas nos copos e as deu para Erik, Naomi e Liam, que beberam um gole de suas bebidas assim que elas chegaram até eles.

— Adoro vodca aromatizada... – disse Naomi, muito feliz depois de tomar um gole de sua bebida.

— Então você precisa visitar a Suécia um dia desses. Lá eles têm vodcas das boas. Aliás, acho que a vodca sueca faz a vodca russa parecer água – disse Erik.

— Eu sei, Erik. Já tomei vodca sueca, mas o resultado não foi muito bom...

— Como assim? – perguntou Liam.

— É que na última vez que eu tomei essa bebida eu acordei sem roupa, com o meu cabelo inteiro vermelho, no depósito de uma fábrica – respondeu Naomi.

— Isso sim é ter uma vida louca! — comentou Erik, rindo.

— Eu faria de tudo pra ficar assim depois de beber! Deve ser muito legal! — disse Liam, feliz.

— *Kore wa*.¹ É legal quando isso acontece e não tem ninguém olhando, mas se metade dos peões de uma fábrica está te olhando não é nada legal — afirmou Naomi.

Depois que terminaram de beber seus drinques, Naomi, Erik e Liam saíram do bar e foram dar uma volta pelas ruas do inferno.

— Bem, voltando ao assunto da missão nova do nosso amigo Erik... O que você achou da sua nova protegida e do anjo? — perguntou Liam.

— Difícil dizer. É uma menina de 8 anos que cometeu seu primeiro ato demoníaco alguns dias atrás. Mal começou a vida de maldades — respondeu Erik.

— E quanto a Charlotte? Ela te deixa com vontade de lhe dar um soco no meio da cara como os outros anjos deixam? — perguntou Naomi, rindo.

— *Lite grann*.² Ela é meu tipo favorito de anjo: o tipo que se controla muito bem e tenta ser legal com demônios. Esses anjos são os mais fáceis de ser manipulados — respondeu Erik, rindo também.

— Tome cuidado com essa confiança, Erik! Alguns anjos podem ser extremamente perigosos para nós! — comentou Liam, preocupado.

— Eu sei, Liam, mas eu duvido que a Charlotte seja perigosa pra mim. Ela parece não ser uma ameaça muito grande. Por enquanto fez apenas uma coisa estranha.

— O que ela fez? Me conte! — pediu Naomi, curiosa.

— Hoje foi nossa primeira disputa de sopros e eu acabei perdendo e ficando com fortes dores. Sabe o que a Charlotte fez? Ela curou minha dor e deu um Sopro no Vácuo! Muito estranho, não acham? — perguntou Erik.

— Sim. Embora sejam seres piedosos, os anjos nunca ajudam demônios. Faz mais de 10 anos que eu atrapalho missões angelicais e nunca vi isso acontecer. *Never*³ — disse Liam.

— Muito menos eu! Estou começando a achar que é mentira que os anjos não bebem, porque a Charlotte só pode ter bebido para curar suas dores e abandonar uma boa chance de te derrotar na disputa de sopros! — disse Naomi, rindo muito.

— Com certeza, Naomi! — comentou Erik, rindo também.

---

1 "Depende", em japonês.
2 "Um pouco", em sueco.
3 "Nunca", em inglês.

— Talvez essa tal Charlotte tenha pensado que você é diferente dos outros demônios e resolveu te dar uma chance. Mal sabe ela que você é apenas mais uma laranja podre no meio das laranjas normais, assim como qualquer outro demônio! — disse Liam.

Os três riram mais ainda depois daquele comentário.

— Não sei o que vai acontecer na nossa próxima disputa de sopros, mas, se eu ganhar, eu é que não vou dar um Sopro no Vácuo para tirar as dorzinhas idiotas dela! — afirmou Erik.

— Pelo amor de Lúcifer, é lógico que você não vai ficar tirando as dores da Charlotte! Nós somos demônios, e nosso trabalho não é curar as pessoas, mas, sim, nos aproveitarmos delas! — comentou Naomi, dando um tapa nas costas de Erik.

— A Naomi tem toda a razão! Estamos aqui para vencer os anjos e não para empatar com eles! — afirmou Liam.

— Vocês têm toda a razão, pessoal, mas... embora eu mal conheça a Charlotte, parece que eu a conheço há mais tempo que o normal. Às vezes parece que eu sei tudo o que ela vai fazer antes mesmo de ela pensar em fazer. É muito estranho... — comentou Erik.

— Como assim "você sabe", Erik? — perguntou Liam, assustado.

— Não sei explicar. É muito esquisito. Eu simplesmente sinto o que ela vai fazer. Parece até que temos algum tipo de ligação.

— Não se assuste com isso. Alguns anjos mexem tanto com nossa cabeça que nos fazem acreditar em coisas que não existem. Acredite, isso já aconteceu comigo várias vezes... — disse Naomi.

— O que você quer dizer com "alguns anjos mexem com nossa cabeça"? — perguntou Erik.

— Quero dizer que alguns anjos acabam nos deixando confusos em relação a eles por conta de atitudes e comportamentos estranhos que eles têm. Por exemplo, a Charlotte te curou quando não era necessário, e isso não é muito normal. Alguns anjos têm comportamentos meio anormais, não se assuste com isso — disse Naomi, rindo.

— Entendi. Eu não sabia disso — disse Erik, surpreso.

— Talvez você não saiba porque nunca conheceu nenhum anjo anormal, mas a Naomi já conheceu e eu também. Pelo jeito, agora você também entrou para a lista dos demônios que conheceram anjos anormais — comentou Liam.

Horas depois, Erik, Naomi e Liam se despediram e foram cada um para sua casa. No caminho Erik pensava em qual poderia ser o próximo "ato estranho" de Charlotte, se é que ela cometeria algum. Em breve descobriria.

7

Sentimentos confusos

Na tarde do dia seguinte, Erik e Charlotte foram transportados até a casa de Jillian. Eles fariam uma disputa de sopros novamente. Erik se aproximou de Charlotte e ela ficou tensa.

– Que vença o melhor – disse Erik, sorrindo.

– É claro, demônio – disse Charlotte, forçando um sorriso.

No mesmo momento, Erik e Charlotte viram que Jillian estava brigando feio com seu pai, Peter. Jillian estava vermelha, de tanta raiva, e Peter também. Charlotte se assustou ao ver a cena, mas Erik riu. Em certo instante da briga, Peter jogou uma almofada no chão e disse:

– Já chega, Jillian! Se suas notas na escola continuarem assim, você ficará sem sair com seus amigos durante o ano inteiro!

– Pare com isso, pai! Eu tenho dificuldade nas matérias, só isso! A culpa não é minha se eu não nasci com a inteligência de um gênio! – disse Jillian, chorando.

– Não grite comigo, menina! Eu sou seu pai!

– Eu acho que é agora que devemos soprar. Estou sentindo – disse Charlotte.

– Você tem razão. Vamos lá – disse Erik. Sem Jillian perceber, Charlotte e Erik se aproximaram dela para soprar em seu ouvido.

– Você é meu pai! E eu sou sua filha! Pare de ser tão idiota comigo! – Jillian estava muito brava.

"De repente comecei a me sentir fraca...", pensou Charlotte.

— O que você disse, Jillian? O que você disse?! Venha aqui agora! Você vai levar uma surra! – disse Peter.

Jillian então começou a rir muito e disse:

— Eu não! Não sou burra nem nada! Você acha mesmo que vou até aí pra você me bater?

Peter foi rapidamente até Jillian e a segurou com força pelo braço. Erik e Charlotte perceberam que era hora de soprar. Charlotte dizia o seguinte em seu sopro: "Pare de brigar. Admita que você está errada mesmo que não esteja. É inútil continuar brigando". E Erik dizia: "Ele te machucou e perdeu a razão. Esqueça que ele é seu pai e contra-ataque com um soco bem forte na cara dele. Depois bata ainda mais nele e fique longe de casa hoje". Alguns segundos depois, Jillian absorveu os sopros, mas infelizmente sua consciência havia absorvido melhor o sopro de Erik.

— Pai, venha aqui, eu gostaria de te dizer uma coisa. – Peter se aproximou de Jillian, que o socou no rosto com toda a força que tinha. Isso encheu Peter de ira e o fez apertar seu braço ainda mais. Jillian, porém, o socou de novo. Charlotte começou a ficar com fortes dores e caiu no chão de joelhos.

— Você acha mesmo que eu ia deixar barato você me segurar daquele jeito sem uma razão justa? Pois você errou! Vou embora daqui e não volto tão cedo! – disse Jillian.

Peter a segurou pela camiseta e gritou bem alto:

— Não depois do que fez! Vá para seu quarto agora! Você está de castigo!

Naquele instante, Charlotte e Erik perceberam que deveriam soprar. E foi o que fizeram. Charlotte disse no sopro: "Assuma a culpa. Você ama seu pai, não brigue com ele". E Erik disse: "Dê um último soco nesse velho e desapareça durante o dia todo. Não deixe ele te dominar. Ser pacífico em uma situação dessas não vale a pena". Novamente, Jillian absorveu melhor o sopro de Erik, deu um soco na barriga de Peter, se afastou dele e disse, quase rindo:

— Você não manda em mim!

Jillian abriu a porta de casa e saiu rapidamente. Charlotte começou a ter mais dores ainda, e suas asas perderam um pouco o brilho, o que era muito comum quando um anjo perdia uma disputa de sopros. Erik estava extremamente dividido; não sabia se continuava aproveitando sua vitória ou se ia ajudar Charlotte a se recuperar, o que não seria fácil. Erik não estava nada feliz em ver Charlotte daquele jeito. "Quando perdi a disputa de sopros, ela me ajudou com toda a boa vontade. Eu devia retribuir o favor e não ficar parado. Mas ao mesmo tempo tenho certeza de que ela vai ficar bem e sei que não devo me importar com ninguém, muito menos com anjos."

– Você viu? Nem sempre vencemos. Por exemplo, hoje eu perdi. Não fique parado aí, aproveite a sua primeira vitória e vá roubar alguém, como você gosta – disse Charlotte, não conseguindo se concentrar direito por conta de sua dor de cabeça.

– Eu sei disso. É que... Eu não pensei em nada para fazer ainda – disse Erik.

– Como não? Você é um demônio! Tem tantas coisas ruins que você pode fazer... Aproveite! – afirmou Charlotte, sorrindo forçado e com dores, principalmente nas costas.

Erik então olhou para Charlotte e deixou a casa de Jillian para dar um passeio pelas ruas de São Francisco. Gostava de sentir aquele ar puro. Além de passear um pouco pelas ruas, Erik voou um pouco pela cidade, feliz com seu triunfo em relação a Charlotte.

– Finalmente venci a minha primeira disputa de sopros contra a Charlotte! *Slutligen! Jag är så glad!*[1] Que demais! – disse Erik, alegre.

Depois de voar um pouco, Erik pousou no chão e foi passear pela cidade. Discretamente ele roubou algumas coisas, como relógios, pulseiras, celulares, colares, óculos de sol e ainda um *smoothie* de morango e um sorvete de caramelo com chocolate. Ao roubar as pessoas, os demônios faziam os objetos roubados se tornarem invisíveis, para que elas não saíssem correndo atrás deles. "Vou levar um colar e um celular para a Naomi e também um par de óculos de sol e um relógio para o Liam. Tenho certeza de que eles vão gostar, principalmente por serem coisas roubadas", pensou Erik.

– Os anjos são muito tristes mesmo... – disse Erik enquanto bebia um gole de seu *smoothie* roubado.

Depois de terminá-lo, Erik jogou o copo vazio no chão e começou a tomar seu sorvete roubado. "Esse sorvete é Ben & Jerry's, com certeza. Gosto muito de Ben & Jerry's", pensou Erik.

Logo depois de tomar seu sorvete, Erik foi dar uma volta no Fisherman's Wharf, que ficava ao lado da Baía de São Francisco e perto da famosa ilha de Alcatraz. Quanto mais andava, mas entediado ficava. Ele sabia que precisava arrumar algo de útil para fazer. Não que ficar sem fazer nada não fosse comum para um demônio, mas estava incomodado. "Eu não posso só ficar roubando coisas e andando até que eu tenha que disputar sopros

---

1 "Finalmente! Estou muito feliz!", em sueco.

com a Charlotte de novo. Preciso fazer alguma coisa. Ela deve estar com dor ainda", pensou. "Eu não posso ficar preocupado com a Charlotte, senão vou ganhar uma bela de uma mancha na asa... Mas, por outro lado, não queria que ela ficasse sozinha e sofrendo. Afinal, ela me ajudou quando eu estava mal...".

Erik não sabia se voava pela cidade, pichava algum prédio ou ia atrás de Charlotte, que, por conta da fraqueza, ainda estava na casa de Jillian, sem conseguir voar. Ele estava se sentindo culpado e não compreendia o motivo.

Para tentar esquecer que Charlotte estava mal, foi para um bairro mais vazio de São Francisco e pichou as paredes e as portas de todos os estabelecimentos comerciais que havia lá e quebrou os vidros das janelas de algumas casas para se divertir. Mas nada adiantou. Erik continuava com a consciência pesada e sabia que precisava encontrar Charlotte e ajudá-la. Mesmo sendo um demônio, ele sabia que não poderia deixá-la sozinha.

– Quer saber? Não estou nem aí! Vou ajudá-la! – disse.

Rapidamente ele voou até uma igreja. Ao chegar lá, começou a passar mal e caiu no chão. A igreja não era um lugar seguro para Erik; afinal, ele era um demônio, mas sabia que aquele era o único jeito de ajudar Charlotte e retribuir o que ela havia feito. Arrastando-se, enxergando turvo e quase perdendo a consciência, Erik roubou um pouco da água benta da igreja, colocou em um pote roubado, saiu da igreja o mais rápido possível e voou com o pote até a entrada da casa de Jillian. Erik não ousava nem olhar para aquele pote que segurava, pois tinha água benta lá dentro, que era capaz de fortalecer e dar energia boa aos anjos, mas agia como um ácido muito forte em um demônio, ou seja, corroía toda a pele e as asas dele em poucos segundos. Com muito cuidado, Erik pousou com o pote na mão e atravessou a porta. Objetos segurados por seres sobrenaturais também atravessavam as superfícies. Viu que Charlotte ainda estava lá, passando mal e triste por Jillian ter agido daquela maneira. Ao ver Erik com um pote de água benta na mão, Charlotte gritou, tirou o pote da mão dele e disse, desesperada:

– Você voou até aqui com água benta na mão?! Você está louco?! Se uma gota disso caísse em você, Erik, você seria corroído em alguns segundos apenas! É para isso que a água benta foi feita! Por que, em nome de Jesus, você estava com água benta na mão?

– Porque eu queria retribuir o que você fez por mim na semana passada. Eu sabia que você estava mal e então roubei a água benta de uma igreja e trouxe para você beber – disse Erik, secando seu rosto, que estava suado, com a camiseta.

— Você... entrou... em uma... igreja? Você é mais maluco do que eu pensei! Se um espírito guardião visse você lá dentro, você estaria frito! Demônios não podem entrar em igrejas, porque podem ficar sem energia e se desintegrar! Você não devia ter feito isso! — disse Charlotte, desesperada.

— Eu sei, mas eu estava com a consciência muito pesada. Eu precisava te ajudar, senão ficaria maluco. Mas eu trouxe com o maior cuidado possível. Só queria te ajudar — disse Erik, suspirando e indo embora.

"Um demônio dizendo 'Eu só queria te ajudar'? E com peso na consciência? Essa é nova para mim...", pensou Charlotte, muito confusa.

— Não se sinta culpado. Eu agradeço muito o que você fez. Aliás, por incrível que pareça, você foi mais prestativo do que muito anjo seria... — disse Charlotte, rindo.

— Como assim, Charlotte?

— Se você fosse um anjo, com certeza diria que em breve as minhas dores passariam e me deixaria aqui sozinha. Como você é um demônio, imaginei que você ficaria o dia inteiro fora e me deixaria sozinha também, mas você me surpreendeu positivamente — disse Charlotte, rindo.

— Na verdade, até mesmo demônios retribuem favores. Não é nada comum eles fazerem isso com anjos porque sabem que são seus inimigos, seus adversários. Mas você não é bem uma "inimiga" pra mim, você é um anjo mais peculiar. Por isso achei que você merecia que eu retribuísse o que você me fez no dia em que perdi a disputa de sopros — disse Erik.

— Sou peculiar... em que sentido?

— Não sei dizer. É que você me deixa com muito menos raiva do que os outros anjos, por isso te acho diferente.

— Ah... Obrigada, Erik. Vou tomar como elogio — disse Charlotte, rindo e terminando de beber a água benta.

— Aliás, já que você terminou de beber isso, quer um celular roubado? — perguntou Erik, rindo e tirando um celular do bolso.

— Não. Anjos não usam celular, muito menos roubado.

— Azar o seu. Eu vou ficar com dois celulares então — disse Erik, guardando o celular e dando de ombros.

— Você sabe que acumular bens materiais é um pecado capital, não sabe? — perguntou Charlotte, levantando uma sobrancelha.

— E eu tenho cara de quem se importa com as leis de Deus? Esqueceu quem eu sou? — disse Erik, rindo muito.

Charlotte riu também.

— É verdade! Eu tinha me esquecido de que você pecava sem dó nem piedade... Bem, deixa pra lá. Obrigada pela água benta, me ajudou muito. Mas, por favor, não faça mais isso!

— Entendi. Bem, até mais. Vou tomar um *sundae* lá no inferno – disse Erik, sorrindo e indo embora.

Charlotte o segurou e disse:

— Espere, Erik! Eu não quero ficar sozinha nem falar com a Paula, porque ela mentiu pra mim e... Enfim, eu queria muito que você ficasse comigo.

— Eu entendo, mas a promoção do *sundae* de chocolate lá no McSatanás só vale pra hoje e eu não posso perdê-la, sabe?

— Tudo bem. Pode ir – disse Charlotte, sorrindo.

— Eu sei. Eu estava indo pra lá mesmo – disse Erik, dando de ombros e indo embora da casa.

Depois que Erik saiu, Charlotte pensou: "Por que os demônios têm que ser tão... estranhos? Em um momento se tornam prestativos e em outro simplesmente somem e te abandonam?". Ela então voou até o céu para conversar com Paula, embora estivesse magoada com ela.

8
Punições e fofocas

Tão logo chegou ao inferno, Erik foi tomar seu tão desejado *sundae*. O lugar era aberto, com paredes vermelhas, chão xadrez e mesas e cadeiras brancas. Em cima de cada mesa havia um guarda-sol, embora não tivesse sol nenhum no inferno. Terminado o *sundae*, Erik foi caminhar um pouco pelas badaladas ruas do inferno, procurando um clube noturno. No momento em que entrava no clube, ele foi teletransportado para outro lugar: um castelo com paredes cinza, tochas de fogo espalhadas, tapeçarias e quadros que mostravam pessoas morrendo, móveis de ouro e um trono vermelho. Quando Erik percebeu onde estava, se desesperou. Aquele era o castelo de Lúcifer, o rei dos demônios supremos. Lá, ele morava com sua filha, Lucy, a mulher mais cobiçada do inferno, por ter lindos cabelos castanho-escuros, olhos da mesma cor e pele levemente bronzeada. Lucy era filha de Daniela Schaller, uma bela mulher alemã que foi manipulada por Lúcifer para ter uma filha com ele. Depois de Lucy nascer, em Stuttgart, Daniela foi assassinada por Lúcifer, mas Deus a recompensou, transformando-a em um anjo por conta de seu coração puro. Depois de 16 anos, Lúcifer mandou seus capangas assassinarem Lucy e levou-a consigo ao inferno, fazendo com que se esquecesse de grande parte do seu passado. Lucy era o único demônio que tinha olhos castanhos em vez de vermelhos.

"Piedade de mim...", pensou Erik, com as pernas trêmulas. Nesse momento, uma grande porta se abriu atrás dele e de lá saíram Lucy, que estava usando o mesmo vestido preto e sapatilhas azul-escuras de sempre, e Lúcifer, que era bem maior que os demais demônios, tinha alguns defeitos na asa, cortes e cicatrizes por todo o corpo, olhos vermelhos intimidantes, cabelos longos e pretos, barba serrada, roupa toda detalhada, decorada com pedras preciosas e ossos de animais mortos, e sandálias feitas de couro. Erik queria fugir daquele lugar.

— Olá, majestade. O que posso fazer por você? — perguntou Erik, curvando-se.

Depois que Erik voltou a sua posição normal, Lúcifer sentou no seu trono, arrumou seus cabelos e disse, com uma voz muito grossa:

— Eu é que pergunto. O que você pode fazer por mim? Já sei! Me explicar o motivo de ter invadido uma igreja e roubado ácido celestial de lá!

Ácido celestial era o nome que os demônios davam para a água benta.

"Que ótimo...", pensou Erik, com muito medo.

— Ah... Eu só quis retribuir um pequeno favor que um anjo me fez outro dia. Nada de mais — disse Erik, dando de ombros.

— Como é que é?! Você se arriscou para retribuir o favor de um anjinho imbecil? Vá para o céu para ver o que é bom, seu idiota! Não acredito que você fez isso, Erik! Você foi manipulado por um anjo! — exclamou Lúcifer, furioso.

— Eu não fui manipulado, majestade. É que a Charl... O anjo fez um favor que me salvou de sentir dores horríveis e eu quis fazer o mesmo para livrar minha consciência. Eu ficaria maluco se não retribuísse o favor a ele! — disse Erik, limpando seu suor com as mãos.

— Você foi legal com um anjo? Perdeu a noção? Parece até que trocou de corpo com alguém! Ainda não consigo acreditar que você, um demônio, invadiu uma igreja para dar ácido celestial para um anjo se reerguer! Isso é... um absurdo! — exclamou Lúcifer, batendo uma das mãos no braço de seu trono.

— Perdão, majestade. Nunca mais farei isso.

— Erik, você sabe muito bem que a política aqui no inferno não é a do perdão, ou seja, a Lucy vai te levar daqui a pouco para aquela sala e você vai levar quarenta chicotadas. Antes, vou livrá-lo dessa mancha branca na sua asa direita — disse Lúcifer, rindo.

Erik não tinha percebido que sua asa estava manchada: uma mancha de oito centímetros.

"É verdade! Caridade é um sentimento angelical! Droga... tinha me esquecido completamente! Como eu pude esquecer disso?", pensou Erik, bravo consigo mesmo. Depois que Lúcifer tirou a mancha branca da asa de Erik, Lucy disse:

— *Lass uns gehen*.[1] Hora de você receber o que... merece.
— Eu já te disse que você está muito bonita hoje, Lucy? — perguntou Erik.
— Cale essa boca! — disse Lucy, brava e o empurrando em direção à sala.
— Que sutileza... — comentou Erik.
— Pare de ser idiota. Só estou... fazendo minha função — disse Lucy, um pouco triste.
— Que função?
— Você sabe — respondeu Lucy, trancando Erik dentro da sala para que ele recebesse sua severa punição.

Enquanto isso, Charlotte voava pelo céu com Paula, já sem a mancha preta na asa. Charlotte estava intrigada com o fato de Erik tê-la ajudado e não parava de falar sobre isso com Paula, que também não havia entendido o que acontecera.

— Então ele roubou mesmo água benta de uma igreja para te curar, Charlie? Nunca vi uma coisa dessas acontecer! — disse Paula.
— Pois é, mas aconteceu e eu não entendi o porquê! Eu não sabia que demônios também retribuíam favores! Aliás, eu não imaginei que ele se arriscaria daquele jeito por minha causa! — disse Charlotte.
— Demônios não retribuem favores. Ainda é um mistério para mim o Erik ter feito isso... Bem, talvez ele estivesse com peso na consciência por deixar você sofrendo daquele jeito, sendo que você o ajudou quando ele precisou.
— Desde quando demônios têm peso na consciência, Paula? É óbvio que tem algo de errado acontecendo aqui! — disse Charlotte, inconformada.
— Não se iluda. Ele é apenas um demônio maluco, mais nada — afirmou Paula, rindo.
— Maluco o suficiente para entrar em uma igreja? Tem alguma coisa a mais em jogo! Coisas assim não acontecem todo dia! — disse Charlotte, ainda inconformada.
— Eu entendo seu ponto de vista, *mi amiga*. Algo incomum aconteceu com você e você quer entender o motivo. Mas eu vou dizer uma coisa: infelizmente, nem sempre as coisas incomuns que acontecem conosco têm explicação. Algumas coisas são simplesmente... obras de Deus — afirmou Paula.
— Pare de falar besteira! Você acha mesmo que um demônio invadir uma igreja e roubar água benta por causa de um anjo que mal conhece é obra de Deus? Cai na real!

---

1   "Vamos", em alemão.

— Charlie, você sabe que os demônios são estranhos! Pense: talvez o Erik só tenha feito isso por desencargo de consciência, enquanto você fica aí tentando decifrar um enigma que nem sequer existe!

— Talvez sim... Mas talvez não – disse Charlotte.

Nesse instante, Charlotte sentiu algo: sofrimento, medo e gritos. Percebeu que essas coisas não vinham de Jillian, mas, sim, de Erik. Anjos tinham esse poder de sentir o momento em que as pessoas ou até mesmo os demônios estavam em apuros.

— Erik está sofrendo lá no inferno por minha culpa! Lúcifer o capturou para puni-lo! Ele está sendo chicoteado! Eu preciso ajudá-lo o mais rápido possível!

— Você está louca?! Anjos não podem entrar no inferno! Você pode até tentar entrar lá, Charlie, mas sua passagem será bloqueada, assim como a passagem de demônios para o céu!

— Tem razão. Eu vou ter que esperar até o sofrimento dele acabar. Como sou um anjo, detesto não poder fazer nada quando alguém está em apuros... – disse Charlotte, muito triste.

— Pare com isso! Ele é apenas um demônio maluco! Você não pode ficar triste por ele! – disse Paula.

— Pare de falar assim! O Erik está sentindo dores e sendo machucado severamente por ter me ajudado naquele dia! Além disso, ele ainda ganhou uma mancha branca na asa, que foi retirada há pouco tempo!

— Mancha branca? Então ele... realmente se importou com você. Sentiu algo. Que coisa mais estranha... – disse Paula, confusa.

— Se é estranho ou não eu não sei, mas eu vou ajudá-lo assim que puder! E pouco me importa se ele sentiu piedade de mim ou não. Eu só quero que ele fique bem!

— Tudo bem então. Pelo que estou vendo, o Erik é apenas um demônio caridoso que está apanhando agora por ter ajudado você. Não há enigmas para decifrar – disse Paula, rindo.

— Talvez não haja mesmo, Paula. Eu sou um pouco exagerada às vezes – respondeu Charlotte, também rindo.

Depois de ser chicoteado, Erik saiu do inferno e foi dar um passeio por São Francisco. Passados alguns minutos, Charlotte e Erik foram transportados para a casa de Jillian, para disputar sopros mais uma vez. Ao chegar lá, Charlotte viu Erik e ficou horrorizada: além dos numerosos machucados e marcas nas costas, ele tinha um grande corte no rosto e outro na perna esquerda, seu olho direito estava roxo e faltavam várias penas em suas asas negras.

9

Mais sopros

Como era um momento de disputar sopros, Charlotte resolveu guardar suas perguntas a Erik para depois, embora estivesse muito ansiosa para fazê-las. Ela sabia que ele não havia sido apenas chicoteado. Jillian entrou em casa com as pernas trêmulas e o rosto suado, pois brigara feio com Peter e havia ficado fora o dia todo. Peter estava vendo tevê na sala de estar e Faith estava sentada ao lado dele mandando um *e-mail* para seu chefe. Jillian tentou ser o mais invisível possível, mas sabia que uma hora ou outra teria que encarar o pai.

– Coitada da Jill... quero ver o preço que ela vai pagar por você ter dominado a consciência dela – disse Charlotte, triste.

– Eu só fiz meu trabalho direito. Não tenho culpa de nada – afirmou Erik, rindo.

Quando Jillian entrou na sala, Peter parou o que estava fazendo e Faith também. Os dois a encararam friamente. "Estou me sentindo agora naqueles filmes onde tem um louco que sai de casa pelado e todos ficam encarando ele", pensou Jillian, com uma vontade imensa de fugir. Peter e Faith levantaram do sofá e foram em sua direção, mas, como estava com medo, Jillian deu dois passos para trás. "Agora eu me sinto naqueles filmes onde o caçador caça um filhote de urso e de repente os pais do filhote aparecem para devorar o homem", pensou Jillian.

– Jillian, seu pai me contou o que você fez – disse Faith.

– Então ele também contou o que ele fez, certo? – perguntou Jillian, arranhando suas mãos por conta do nervoso que estava sentindo.

— Cale essa boca, menina! Depois do que fez, a única coisa que você deve fazer é ficar calada! — disse Peter.

Logo depois, Charlotte e Erik sopraram no ouvido de Jillian. As informações que Charlotte enviou foram: "Você não está mais com moral para brigar. Baixe a cabeça e apenas escute. Chore ou reze, se quiser, mas não discuta". E as que Erik enviou foram: "Diga a esse idiota que não era com ele que você estava falando. Conte tudo o que ele fez. Mostre que ele não está certo". Jillian acabou absorvendo melhor o sopro de Charlotte, pois estava com medo e preferia se render a brigar com duas pessoas que tinham o poder de fazer o que quisessem com ela.

— Você bateu no seu pai, e isso é inaceitável! Filha minha não agride ninguém, muito menos o próprio pai! Eu entendo que você ficou com raiva dele, mas você perdeu a razão! — disse Faith, muito brava.

Jillian começou a rezar a oração Pai Nosso em seus pensamentos. No mesmo instante, Erik começou a ficar com uma terrível dor de cabeça, depois ficou pálido, se desequilibrou e caiu desmaiado no chão. Orações enfraquecem severamente os demônios, mas, para a sorte de Erik, não chegam a matá-los.

— Erik! Erik! Acorde! Você está bem? — disse Charlotte, desesperada e ajoelhada ao lado de Erik, que estava inconsciente.

— Me desculpe se eu te ofendi, filha, mas você passou dos limites! — disse Peter.

"Não sei de quem eu tenho mais dó: do Erik, que, além de estar severamente machucado, passou mal e desmaiou por causa da oração da Jillian, ou da própria Jillian", pensou Charlotte, triste.

— Me desculpe. É que ele começou a me ofender de novo, eu fiquei com raiva e... — disse Jillian, depois que acabou de rezar.

— Nós te perdoamos, Jill, mas infelizmente teremos que puni-la. Você está de castigo. Duas semanas sem assistir *Phineas & Ferb* e *Gravity Falls* — disse Faith, que parecia se arrepender do que estava dizendo.

Jillian começou a chorar muito. Charlotte não sabia se dava o Sopro Solitário ou o Sopro no Vácuo. A voz do arcanjo Jack disse na consciência dela: *"Deixe esse demônio pra lá, Charlotte! Ele é apenas mais um servo de Lúcifer que engana pessoas! Dê o Sopro Solitário de uma vez!"*. Charlotte ficou muito brava com aquela mensagem, pois foi extremamente ofensiva. Ela não queria enfraquecer Erik mais ainda. Mas não queria também dar mais um Sopro no Vácuo.

— Sinto muito, Erik. Não posso dar Sopro no Vácuo de novo. Não se preocupe, eu prometo usar meus poderes e te ajudar a sair dessa situação —

disse Charlotte, triste e acariciando o rosto de Erik, que nada sentia nem via ou ouvia naquele momento.

Mesmo aborrecida, ela se levantou, foi até Jillian e deu o Sopro Solitário. As informações enviadas foram as seguintes: "Vá para seu quarto e brinque com suas bonecas. Pelo menos ainda resta isso para você fazer. Chore um pouco, vai fazer bem para você". Jillian então absorveu o sopro e seguiu as informações que Charlotte enviou nele. Faith havia ficado muito triste por castigar sua filha; já Peter estava mais feliz do que nunca. "Tenho certeza de que a consciência do pai da Jill foi dominada pelo demônio dele agora...", pensou Charlotte.

– Peter, eu sei que a Jill passou muito dos limites batendo em você, mas você também foi agressivo, e isso foi muito errado da sua parte! – disse Faith, furiosa.

– Eu não vou passar por idiota e pedir desculpas para alguém que errou muito mais que eu! – afirmou Peter.

– Ela pode ter errado muito, mas você também errou e sabe muito bem que as pessoas nobres de espírito pedem perdão! – disse Faith.

– Eu não me importo. Não vou parar de assistir *Dexter* só para pedir desculpinhas a ela – afirmou Peter, dando de ombros.

– Falando nisso, na próxima vez que você assistir a um programa como *Dexter* com a nossa filha de 8 anos em casa, escondo seu celular! – disse Faith, brava.

– Eu duvido... – disse Peter, rindo.

– Não duvide! Você sabe que eu já fiz isso uma vez! – disse Faith, mais brava ainda. Peter ficou sério.

"Esses casais de hoje em dia são mesmo um barato...", pensou Charlotte.

Logo depois, Charlotte foi até Erik, que ainda estava caído no chão, abriu sua mão e liberou nele uma fumaça prateada. Quando a fumaça começou a se dissipar, Erik se levantou do chão, tossiu e disse:

– Muito obrigado. Fico feliz que você tenha me ajudado. Você não tem noção de como essas rezas cristãs me fazem mal...

– Rezas demoníacas também me fazem mal. Eu sei como é a sensação. Parece que alguém tirou toda a sua energia e consciência e jogou alguma coisa que pesa mil toneladas em cima de você – disse Charlotte, horrorizada ao se lembrar.

Charlotte observou bem os sérios machucados de Erik e suas asas com penas faltando.

— Por que você está tão... ferido? – perguntou Charlotte, passando as mãos nas asas de Erik, que desmanchavam ainda mais com o toque. As criaturas sobrenaturais nunca se machucavam ou sentiam dor. As criaturas infernais, porém, eram uma exceção. Elas se feriam e sentiam dor em uma única ocasião: quando recebiam punições violentas de Lúcifer. Erik havia sido severamente punido.

— É o resultado de eu ter invadido uma igreja e roubado áci... água benta para te ajudar – disse Erik, rindo.

— Entendi. Quem fez isso com você, Erik?

— Um serviçal de Lúcifer qualquer. Não me lembro o nome dele.

— Então foi Lúcifer que mandou fazer isso com você? – perguntou Charlotte, analisando os imensos cortes nas costas de Erik.

— Sim, ele mandou a filha dele, Lucy, me levar até uma sala onde eu apanhei pra caramba. Podemos dizer que ele ficou um pouco bravo por eu ter feito o que eu fiz – disse Erik, rindo.

— A filha dele? Lucy Schaller? Ela tem uma história que poucos conhecem... – comentou Charlotte.

— Que história? – quis saber Erik, confuso.

— Deixa pra lá. Esquece. Enfim, eu acho bom você pensar antes de fazer qualquer coisa parecida com a que fez... Se Lúcifer faz uma coisa dessas com o próprio servo quando está "um pouco bravo", imagina quando ele está muito bravo? – disse Charlotte, horrorizada só de pensar.

— Pois é. Bem, mas eu aprendi a lição: nunca mais serei generoso com ninguém – afirmou Erik, rindo.

— Você não precisa fazer isso, Erik, porque eu vou estar sempre aqui pra fechar seus cortes. Fazer uma gentileza pra alguém é sempre bom – afirmou Charlotte, liberando mais uma vez a fumaça prateada, que magicamente fez as asas de Erik se recomporem, as feridas imensas sumirem e o olho roxo voltar ao normal.

— Muito obrigado, mas eu prefiro seguir as regras dos demônios do que levar chicotadas de novo. E gentilezas nunca foram minha praia. Só retribuí um favor nem sei por quê – disse Erik, dando de ombros.

— Entendo... Bem, parece que nosso serviço acabou por hoje. Podemos ir pra casa – disse Charlotte, sorrindo.

— Espere, Charlotte! Você fez meus machucados sumirem, mas não vai consertar os rasgos da minha roupa? – perguntou Erik, inconformado.

— Eu sou um anjo, não uma costureira. Eu reparo os danos das pessoas e não das roupas delas.

— Tudo bem, me desculpe. Vou embora agora. Muito obrigado por me consertar — disse Erik, sorrindo.

— De nada, Erik. Vou consertar você sempre que for preciso. Seu castigo foi muito doloroso, imagino... — comentou Charlotte, preocupada.

— Claro que não! Quarenta chicotadas, vinte socos na cara e dez facadas? Imagina! *Det var mycket lätt!*[1] Foi moleza! — disse Erik, ironicamente.

— Entendi. Você sofreu muito, pelo jeito... me desculpe — disse Charlotte, triste.

— Pare com isso, Charlotte! Só estou brincando! Você leva as coisas muito a sério! — disse Erik, rindo. Charlotte riu também.

Os dois se despediram, saíram da casa de Jillian e voltaram cada um para sua casa.

"Só o Erik mesmo pra me fazer rir numa hora dessas...", pensou Charlotte, ainda rindo. Depois de chegar ao inferno, Erik foi jogar um pouco de *videogame* em sua casa. Já Charlotte, após chegar ao céu, foi ler um livro sobre teologia em uma biblioteca para anjos que ficava perto de sua casa.

---

1 "Foi muito fácil", em sueco.

10

Provocações

Charlotte terminou de ler seu livro de teologia e desceu para a Terra porque queria dar um passeio. Ela atravessou a Golden Gate e foi até a charmosa cidade de Sausalito, que estava toda iluminada, porém com pouquíssimas pessoas nas ruas. Charlotte gostava bastante de lá. A cidade era muito agradável, tinha um ar puro, árvores, belas casas e um cheiro delicioso de alecrim.

Charlotte estava caminhando distraída quando avistou um menino de cabelos cor de avelã caído no chão. Ele aparentava ter uns 9 anos. Ela estranhou não ver nenhum demônio ou anjo perto dele. Então, Charlotte chegou mais perto, viu que o menino estava vivo e estendeu a mão para curá-lo. Se ele levantasse, isso significaria que Deus e Lúcifer não haviam escolhido sua alma para sair do corpo ainda; se não levantasse, significaria que sua alma sairia do corpo em poucos segundos.

— Vamos lá, garotinho! — disse Charlotte.

Depois de liberar bastante fumaça prateada com a mão, ela esperou para ver o que aconteceria com o menino. Poucos segundos depois, o menino tossiu várias vezes, abriu seus pequenos olhos azuis, levantou devagar do chão e voltou para sua casa. "Só Deus sabe o que um menino dessa idade está fazendo na rua à noite...", pensou Charlotte, rindo.

— É tão bom quando alguém é curado! — disse Charlotte, muito feliz.

Ao virar-se, Charlotte se deparou com Erik.

— Meu Deus! Que susto, Erik! Há quanto tempo você estava atrás de mim? O que, em nome de Deus, você está fazendo aqui a essa hora?

— Sério que é esse seu programa em uma sexta à noite? Andar por aí feito uma barata tonta curando pessoas? Péssima escolha... Eu estava sem nada de interessante pra fazer, então resolvi perseguir você. Caso não tenha percebido, estou te perseguindo desde que chegou a Sausalito.

— Entendi... Eu acho. E só pra você saber, assim como demônios curtem roubar pessoas, anjos curtem curá-las! Cada um com seu gosto!

— Azar o seu. Eu prefiro beber em um bar, ver um filme, ir a um clube noturno ou comer em um restaurante chique em vez de ficar levantando defunto – disse Erik, dando de ombros.

— Não são defuntos, são apenas... deixa pra lá. Eu não vou discutir com você. Cada um encontra a felicidade onde bem entende.

— Tem certeza disso? Pelo que eu sei, seu chefe tem uma longa lista de restrições para mostrar quando o assunto é felicidade ou diversão, se é que isso existe lá onde você mora... – disse Erik, rindo.

— Pare com isso! Deus faz as regras e eu não as contesto!

— Você que sabe. Quebrar regras é muito divertido. Aliás, nada no céu é divertido.

— Bem, isso eu posso te garantir que é mentira. As criaturas celestiais são todas boas e gentis. O céu está cheio de lugares para rezas e também pequenas cafeterias para anjos e arcanjos conversarem. Não precisamos de mais nada além disso – disse Charlotte, e pensou: "Detesto quando o Erik começa a me provocar...".

— Azar o seu. As almas infernais são escravos dos diabos, se espetam em arbustos de espinho e se queimam em poças de lava enquanto os demônios vão para bares, restaurantes espetaculares, sorveterias, *shoppings*, clubes noturnos e cinemas – contou Erik, animado com a lembrança.

— Todos esses lugares que você citou fazem as pessoas cometerem dois pecados capitais: a avareza e a gula. Isso não é nada bom e também não é saudável.

— E você acha mesmo que eu me importo com isso? – perguntou Erik, levantando uma sobrancelha.

— Eu sei que você não se importa com essas coisas, Erik, só acho que deveria deixar de cometer esses pecados. Tenho certeza de que no fundo você sabe que fazer coisas desse tipo é errado.

— Saber eu sei, só que eu não me importo – afirmou Erik, rindo.

— Tudo bem, então – disse Charlotte, dando de ombros. E pensou: "Eu ainda vou conseguir fazê-lo abandonar as coisas do mal".

— Venha comigo. Quero mostrar uma coisa que tenho certeza que vai te agradar muito — disse Erik, puxando Charlotte pela mão.

— Calma! Onde iremos?

— A um restaurante chique que eu conheço aqui em São Francisco. Eu gostaria de te mostrar o que você está perdendo ao não comer coisas boas.

— Tudo bem... Mas antes temos que assumir forma humana, e isso é muito perigoso — disse Charlotte, com medo.

Uma vez que um anjo ou demônio assume forma humana, ele está sujeito às mesmas coisas que um humano: doenças, dores, frio, calor, fome... Até mesmo morrer pela segunda vez é possível. Tanto as almas celestiais quanto as infernais têm, no entanto, direito de assumir forma humana de vez em quando para matar a saudade de um ser vivo. Deus e Lúcifer sabem que as almas sentem saudade do tempo em que eram vivas e por isso lhes concedem esse direito. Muitas almas, porém, se valem desse direito só para quebrar regras sem serem pegas.

— É claro — disse Erik, rindo.

Um forte raio vermelho cobriu então todo o corpo de Charlotte e de Erik. As asas dos dois desapareceram, e eles assumiram forma humana. Os olhos de Charlotte ficaram da cor que eram antes de ela morrer: verdes. O mesmo aconteceu com Erik: seus olhos ficaram azuis. Erik tocou seu braço direito, riu e disse:

— Que bom sentir carne e osso novamente! Estava cansado de ser espectro e com saudade do meu corpo de antes de morrer!

Charlotte tocou seu braço esquerdo e pensou: "Prefiro ser espectro...".

— Seus olhos são muito bonitos — disse Charlotte, impressionada.

— Obrigado — disse Erik, um pouco corado.

Após alguns minutos de caminhada, Charlotte e Erik finalmente chegaram ao restaurante, sentaram-se e abriram o cardápio. Charlotte estava se sentindo incomodada, pois não gostava de ir a ambientes chiques demais.

— Você vai mesmo comer comida boa? — perguntou Erik, rindo.

— Talvez... — respondeu Charlotte, também rindo.

"A asa dela não está preta! Ela está armando alguma!", pensou Erik, desconfiado. Por mais que as asas dos anjos e dos demônios sumam quando eles assumem forma humana, ainda conseguem enxergar as asas um do outro. Um garçom apareceu e disse:

— Boa noite. O que vocês gostariam de pedir?

— Eu quero uma garrafa de vinho chileno e risoto de frutos do mar — disse Erik.

— Eu quero uma água e filé mignon com risoto de *zucchini*[1] — disse Charlotte.

O garçom recolheu o cardápio e foi até uma outra mesa.

— Você já foi a lugares assim quando viva? — perguntou Erik.

— Não, eu praticamente vivia pela caridade e nunca me importei com esse tipo de coisa.

— Entendo... Então por que, em nome de Lúcifer, você veio aqui comigo, Charlotte?

— Vim pra te fazer companhia.

— Como assim?

— Não vou comer o que pedi — disse Charlotte, rindo.

— O quê? Mas isso é desperdício de comida! Isso, sim, deveria ser pecado capital! Não sei o que passa pela cabeça daqueles seus chefes chatos... — afirmou Erik, inconformado.

Charlotte ficou um pouco irritada e disse, se controlando:

— Como é que é? O que você disse de Deus?

"Agora esse jantar está ficando mais legal. Adoro quando ela fica brava", pensou Erik, feliz.

— Eu disse que ele é um chato. Um fresco. Um tonto. Que não deixa ninguém fazer nada nessa vida.

"Co... Como ele ousa?", pensou Charlotte, ainda mais irritada.

— Que absurdo! Não fale assim de Deus! Ele é o espírito mais nobre e cheio de amor que existe! — afirmou Charlotte, respirando fundo para não ficar com muita raiva.

— Amor? Tem certeza? Se ele tivesse mesmo amor por alguém, deixaria as criaturas celestiais pelo menos tomar sorvete e comer pizza! — disse Erik, inconformado.

— Pare de falar besteiras! Como se sorvete e pizza fizessem diferença na minha vida! Ou melhor, na minha morte!

— Fazem muita diferença, Charlotte! Mais do que você imagina! — afirmou Erik, rindo.

— Só os gulosos e pobres de espírito pensam isso — disse Charlotte. E pensou: "Talvez isso funcione para ele ficar quieto... Mas eu duvido".

— Prefiro ser guloso e pobre de espírito do que infeliz. Aliás, eu aposto que o seu amigo Deus come que nem um louco, tem quinhentos mil iPhones,

---

1 "Abobrinha", em italiano.

saiu com um monte de almas celestiais que foram mulheres bonitas e não conta pra ninguém – afirmou Erik.

O garçom chegou com os pratos e as bebidas. Charlotte soltou uma fumaça verde com a mão e transformou o filet mignon e o risoto em aspargos e um salmão grelhado. Erik riu muito e disse:

– Além de tudo, você é obrigada a comer aspargos e salmão? Caramba! Seu chefe é muito pior do que pensei!

– Já chega! Não aguento mais ouvir suas bobagens! Vou embora daqui! Parabéns, você conseguiu estragar minha noite! – disse Charlotte, furiosa.

Erik ficou surpreso com a reação dela, se transformou em demônio e a seguiu. Charlotte se transformou em anjo e andou mais rápido para ele não conseguir alcançá-la.

– Espere, Charlotte! Para que tanta raiva? Achei que anjos fossem mais controlados...

– Eles são controlados, mas explodem quando alguém como você começa a falar mal de Deus! Anjos detestam ouvir coisas ruins sobre Deus! – disse Charlotte, ainda brava.

No mesmo instante uma mancha preta se formou na asa de Charlotte por ela ter sentido uma raiva muito grande, e Erik sorriu. A voz de Lúcifer disse na consciência dele: *Muito bem, Erik! Você fez exatamente o que eu pedi! Te recompensarei por isso!*

"Ufa! Consegui! Estou salvo de futuras chicotadas!", pensou Erik, muito feliz.

– Por que você defende tanto esse cara? Tem medo que ele te puna? Eu não sabia que um espírito tão nobre punia os próprios servos... – disse Erik.

– Se você não parar de me importunar, eu, eu... vou jogar água benta na sua cara! – Charlotte estava furiosa, e a mancha preta ficou um pouco maior.

– Calma aí, anjo! Joga em outro lugar, mas na cara não! – disse Erik, assustado e cobrindo o rosto.

– Já sei... Sua vaidade não permite que seu rosto seja destruído. Fala sério... – disse Charlotte, inconformada.

– Eu gosto muito do meu rosto. Se você não gosta do seu... o problema é seu – disse Erik.

– Quer saber? Eu nem sei por que ainda estou falando com você! Eu vou embora daqui! Você me decepcionou muito hoje, Erik! Você passou dos limites! Pensei que você merecia... Por que eu fui... Deixa pra lá – disse Charlotte, muito triste.

— Termine a frase! — pediu Erik, curioso.

Charlotte então respirou fundo e parou de andar.

— Achei que você merecia uma chance. Algo me fez pensar que você era diferente do resto. Eu até cheguei a gostar de você. Imaginei que você quisesse ser meu amigo. Mas eu fui burra. Você é apenas mais um manipulado que não pensa em ninguém além de si mesmo. — Charlotte estava triste e voou em direção ao céu. Erik a seguiu.

— Charlotte, espere! Eu não quis...

Antes que Erik pudesse completar sua frase, bateu de frente com uma barreira que impedia os demônios de entrarem no céu, começou a cair e gritou. Charlotte ouviu o grito e se desesperou.

— Erik! Erik! Meu Deus!

Preocupada, Charlotte voou rapidamente até Erik e o segurou pelas mãos antes que ele caísse no chão.

— Você sabe que eu já estou morto e não preciso ser salvo de uma queda, não sabe? — perguntou Erik, rindo.

— Tudo bem, então — disse Charlotte, sorrindo e soltando Erik, que caiu com tudo no chão e bateu a cabeça na calçada.

— Ainda bem que a dor que eu deveria estar sentindo agora não é uma das dores espirituais...[2] — disse Erik.

Charlotte voou até ele, sentou ao seu lado, riu e disse:

— Você falou que não precisava da minha ajuda, então eu te soltei. Agora você finalmente viu que não é nada agradável cair do céu.

— Isso foi muito desnecessário! — disse Erik, bravo.

— Então, da próxima vez que você estiver em apuros, pense duas vezes antes de dispensar minha ajuda, Erik.

— Pode deixar...

— Agora me conte uma coisa: o que, em nome de Deus, você foi fazer no céu? — perguntou Charlotte.

— Eu ia, ia... pedir desculpas por ter provocado você. Eu exagerei.

---

[2] Há quatro dores espirituais, dores sentidas apenas por espíritos: a) dor de derrota, sentida pelo espírito quando ele perde uma disputa de sopros; b) dor infernal (exclusiva dos demônios), causada por algum objeto infernal usado para punição; c) dor celestial, ocasionada por água benta nos demônios e por exorcismo nos anjos acusados de cometer atos demoníacos graves; e d) dor religiosa, sentida pelos demônios quando estão próximos de alguma igreja ou de alguém vivo que esteja rezando e pelos anjos quando algum vivo perto deles faz rituais satânicos ou deseja e/ou comete o mal.

— Está tudo bem. Você bateu a cabeça no chão tentando ir me pedir desculpas. Já é o suficiente para eu te perdoar.

— Eu ainda não terminei. Além disso, eu fui até lá pra te contar o motivo de eu ter te provocado. Eu não deveria fazer isso, mas como a essa hora Lúcifer está dormindo, então não tem como ele descobrir que eu te disse isso.

— Me conte, então, porque eu fiquei muito magoada com aquilo.

— Sinto muito. Agora veja o estado da minha pele – disse Erik, tirando o casaco e a camisa.

Charlotte ficou horrorizada ao ver o estado da pele de Erik, pois estava cheia de queimaduras enormes. Ela passou a mão em uma das queimaduras. Erik gritou de dor e disse:

— Eu pedi apenas pra você ver a minha pele, não tocá-la!

— Me desculpe. Quem fez isso com você?

— Lúcifer. Ele me queimou quase inteiro com óleo quente e disse que me transformaria em cinzas se eu não fizesse uma mancha preta aparecer na sua asa.

— Mas por que ele fez isso?

— Porque ele quer ter certeza de que eu não... não... Deixa pra lá. Preciso ir embora. Espero que você me perdoe...

— Calma! Antes de ir, vou te livrar dessas queimaduras – disse Charlotte, esticando a mão direita, lançando a fumaça prata e fazendo todas as queimaduras de Erik desaparecerem.

Erik colocou sua camisa e seu casaco, e Charlotte segurou suas mãos e o ajudou a se levantar do chão. Após tirar a poeira que havia grudado em sua calça, Erik disse:

— Muito obrigado pela ajuda. Vou embora.

— Espere! Eu quero te perguntar uma coisa... – disse Charlotte, segurando-o pelo ombro.

— Pode falar, Charlotte. O que houve?

— Se você come tanto quanto você diz, como você consegue... manter seu corpo em forma desse jeito?

Erik arrumou o cabelo, riu e disse:

— Mesmo comendo o que eu quero, não posso transformar meu corpo em uma bola gigante, então eu como, mas também malho bastante pra manter a forma. Eu quero ser feliz, mas também preciso me sentir confortável com meu corpo.

— Entendi. Você é vaidoso demais pra engordar e guloso demais pra parar de comer – disse Charlotte, rindo.

— Exatamente! Felicidade e beleza sempre ganham! — disse Erik, piscando com o olho esquerdo e abrindo um sorriso.
— Pare com isso! — disse Charlotte, feliz.
Charlotte já estava indo embora quando Erik a deteve:
— Espere! Eu gostaria de te perguntar uma coisa!
— Pode falar, Erik. Estou te ouvindo.
— Você falou sério quando disse que... gosta de mim?
Charlotte ficou vermelha.
— Sim... mas eu estava falando de amizade. Quis dizer que gosto da sua companhia.
— Tem certeza disso?
— Tenho. É óbvio. Até mais, Erik — respondeu Charlotte, rindo e retirando-se.
— Tudo bem, então — disse Erik, também rindo.
Charlotte voou até sua casa no céu, e Erik desceu até o inferno, para tomar um drinque. Depois disso, ele foi para sua casa. Embora os dois tivessem brigado, eles haviam feito as pazes rapidamente, pois se davam muito bem para permanecer brigados e Charlotte não se arriscaria a ganhar mais uma mancha preta em sua asa, pois guardar rancor era um grande pecado. Na verdade, mesmo tendo se reconciliado com Erik, Charlotte ainda estava bastante magoada com o que ele tinha dito e não sabia se conseguiria agir com naturalidade quando o visse novamente.

11

Milk-shakes

Charlotte e Erik foram até a escola de Jillian e a encontraram ao lado de Samantha. Jillian estava nervosa porque tinha brigado com uma de suas melhores amigas, Pâmela, e não sabia se voltava a falar com ela ou a ignorava. Respirou fundo e disse:

— Sammy — Jillian respirou fundo. — Eu não sei se falo com a Pam ou não. Ela brigou feio comigo ontem por causa daquele menino de que nós duas gostamos...

— Você é quem sabe, Jill — disse Samantha.

Jillian e Samantha seguiram conversando pelo corredor e encontraram Pâmela. Charlotte e Erik sopraram. O sopro de Charlotte dizia: "Cumprimente sua amiga. Peça desculpas. Vocês são amigas demais para ficarem brigadas". E o de Erik dizia: "Ignore essa idiota. Mostre que ela está errada". Ela demorou um pouco para reagir aos sopros.

— Oi, Pam! Me desculpe por ontem! Vamos voltar a ser amigas? — perguntou Jillian.

Pâmela respirou fundo, pensou um pouco e disse:

— Claro que sim! Não podemos deixar uma briga arruinar nossa amizade! — e a abraçou.

Samantha ficou feliz pelas duas. Depois do abraço, Pâmela e Jillian foram conversando para a sala de aula com Samantha. Erik sentiu fortes dores, que, para a sorte dele, passaram logo.

— Que chatice! Essas crianças de hoje em dia estão muito mais bondosas e alegres do que eu pensei... – disse Erik, decepcionado.

— Não se preocupe, Erik. Você terá outras chances de vencer – disse Charlotte, sorrindo. Logo depois, os dois voaram, saíram da escola e pousaram em uma rua próxima. No meio do caminho, Erik teve uma ideia:

— Charlotte, você gostaria de tomar um *milk-shake* na Ghirardelli? Acho que você vai gostar muito.

— Acontece que eu sou anjo e não posso cometer o pecado da gula – afirmou Charlotte.

— Quem disse que você tem que cometer um pecado? Anjos não podem cometer pecados de jeito algum, senão ganham manchas pretas na asa! – disse Erik, inconformado.

— Se eu tomar um *milk-shake*, estarei cometendo um pecado. Aliás, um pecado capital – disse Charlotte.

— Aprendi um truque com meu amigo na semana passada. Ele me garantiu que funciona. Para poder tomar o *milk-shake* sem ser descoberta, assuma a forma humana. Assim você não ganhará uma mancha preta e seus chefes jamais descobrirão o que você fez.

— Como você pode ter certeza de que essa estratégia funciona?

— Eu tenho porque já usei, mas não conte pra ninguém. Apenas siga meu conselho, eu prometo que isso vai funcionar – afirmou Erik.

"Embora o Erik seja extremamente charmoso e simpático, ele é um demônio, e demônios são extremamente manipuladores e traiçoeiros. Ele pode estar apenas tentando me enganar e me prejudicar, mas algo me diz que ele não está com essas intenções... Eu estou achando que ele apenas quer passar algumas horas comigo. Será que eu devo confiar nisso ou questionar as intenções dele como qualquer outro anjo faria?", pensou Charlotte, confusa.

— Erik, eu não tenho como saber se você realmente quer que eu tome um *milk-shake* e te faça companhia ou se você apenas está fazendo uma daquelas jogadas maquiavélicas de demônio para prejudicar os anjos. Ainda não sei o que fazer.

— Fala sério! Você acha mesmo que eu tentaria te prejudicar? Se você fosse um anjo comum, eu até poderia fazer isso, mas você não é. Além disso, eu gosto de você. Jamais faria algo para te prejudicar!

Erik percebeu que havia falado demais e ficou vermelho de vergonha. "Eu definitivamente falei besteira... Ferrei com a minha asa. Se eu não arrumar uma tinta preta em breve, vou levar umas belas chibatadas", pensou Erik, nervoso.

– Como é que é, Erik? Você gosta de mim?
– Esquece o que eu falei. Vamos logo tomar o *milk-shake*. Você precisa urgentemente de um – disse, rindo.
– Então você não gosta de mim?
– Não foi isso que eu disse! É claro que eu gosto de... Quer dizer... Deixa pra lá. Meus sentimentos não importam. Só me diga se você vai tomar *milk-shake* comigo ou não...
– Eu vou, sim. Não custa nada. Vamos lá.
Erik e Charlotte então foram voando até a Ghirardelli Square, assumiram forma humana e cada um comprou seu *milk-shake*, ambos de chocolate.
– Eu sei que não é nada correto comer sem motivo, mas tenho que admitir que estava com saudade de tomar um bom *milk-shake* – disse Charlotte, rindo.
– Mas é claro! Comer coisas calóricas de vez em quando é muito bom! Não sei como os anjos aguentam ficar vivendo na simplicidade! – disse Erik, também rindo.
– Eu não me importo em ter uma vida simples. O problema é nunca poder fazer alguma coisa realmente divertida de vez em quando...
– Você pode fazer coisas divertidas, Charlotte. A única coisa é que para fazer isso você precisa assumir a forma humana, mas isso não é problema.
– Por um lado, não é certo ficar pensando em futilidades; por outro, é preciso sair, dançar e comer de vez em quando. Não sei exatamente o que pensar. Acho que você bagunçou minha cabeça.
– Eu bagunceí ou você está finalmente começando a perceber que ser anjo é uma chatice? – perguntou Erik, rindo.
"Não gostei desse comentário", pensou Charlotte.
– Eu adoro ser anjo. Ajudar pessoas e pregar o bem é a melhor coisa que existe. Eu jamais quero deixar de ser quem sou. Apenas disse que ser um anjo que nunca comete pecados não é tarefa fácil.
– A maioria dos humanos comete pecados... Como anjos são humanos mortos, assim como demônios, é difícil para eles simplesmente deixar de fazer algumas coisas do dia para a noite só porque Deus mandou.
– Você tem toda a razão. Mas regras são regras. Dessa vez descumpri uma regra porque estava com saudades de tomar *milk-shake*, mas não pretendo fazer algo desse tipo novamente tão cedo, porque é muito errado... – disse Charlotte, preocupada.
– Você está certa, mas, ao assumir a forma humana, Deus não descobrirá que você cometeu um pecado. Então não tem por que você continuar seguindo as regras dele – afirmou Erik.

"Ele é mesmo muito esperto... Achou que me convenceria a ser uma delinquente só porque aprendi um método de cometer pecados sem ser descoberta!", pensou Charlotte.

– Pirou? Essa será uma das raras vezes que eu pecarei, se não for a última! Sou um anjo e tenho um compromisso a seguir com Deus e meu arcanjo! Não vou ficar descumprindo regras desse jeito!

– Você é quem sabe. Descumprir regras é divertido...

– Você diz isso porque descumpre as regras de Deus e não as de Lúcifer, porque se você fizer isso ele vai te encher de chibatadas... – comentou Charlotte.

Erik ficou quieto e pensativo por um minuto. "Odeio quando anjos estão certos...", pensou. Depois de ficar com um pouco de raiva do comentário de Charlotte, Erik ficou pensativo. Queria dizer coisas a ela, mas não sabia bem como. Não sabia se estava fazendo a coisa certa ao se relacionar com ela. Estava confuso em relação aos seus sentimentos.

– Olha, eu tenho que admitir que apesar de tudo você é o anjo mais legal que eu já conheci. É muito chato quando você vem com essas histórias de bajular Deus, mas fora isso você é muito gentil, companheira e engraçada. Tem uma coisa que nunca pensei que conseguiria dizer, Charlotte. Nem sei bem como te dizer isso. – Erik estava um pouco tenso.

Charlotte parou de tomar o seu *milk-shake* e olhou fixamente para Erik. Estava curiosa para ouvir o que ele tinha a dizer. Parecia ser algo importante.

– O que você quer me falar, Erik?

– Eu... Eu... go... Eu go... Eu gosto de você. Nunca achei que diria isso a um anjo. Estou falando sério. Eu gosto de você. Curto sua companhia.

Mesmo Charlotte tendo ficado corada, parecia que Erik havia falado algo que ela já sabia. Ela ficou impressionada com a coragem dele, pois não era nada fácil para um demônio admitir gostar de um anjo. Charlotte não tinha certeza do modo que Erik gostava dela, pois gostar de alguém significa várias coisas.

– Você gosta de mim? De que modo?

– Gosto de ter você por perto. Você é um dos seres com quem eu mais gosto de conversar, ficar junto e passear. Eu sinto que posso confiar em você desde que te conheci e não sei o motivo.

– Eu também gosto de você. Você é uma boa pessoa, apesar de você mesmo não acreditar nisso. Eu vejo muitas qualidades em você, Erik. Mesmo sendo um demônio, você é aquele tipo de pessoa que me faz sentir bem quando está perto. Gosto de você muito mais do que eu queria e acho que já falei demais... – disse Charlotte, rindo.

– Falou mesmo. Está até parecendo aqueles caras tontos da ONU falando.

Charlotte ficou em silêncio sem saber exatamente o que Erik queria dizer com aquele comentário. Mas ele logo riu e disse:

– Eu estou brincando com você! Devia ter trazido um espelho, assim você teria visto sua cara! Foi muito engraçada a cara que você fez! Parecia que estava prestes a me dar um soco!

– Bem, me desculpe, agora preciso ir porque marquei um encontro com minha irmã mais nova no Fisherman's Wharf. Mais tarde conversamos.

– Sua irmã? Achei que mortos não pudessem falar diretamente com vivos! Você vai continuar na forma humana? – perguntou Erik, confuso.

– Minha irmã está morta! Ela se matou aos 15 anos! Nunca te contei isso?

– Não. Depois você me conta mais sobre o suicídio da sua irmã. Fiquei curioso agora. Até mais, Charlotte! Vou encontrar meus amigos no bar! Se você quiser se encontrar conosco mais tarde, pode ir! – disse Erik, retirando-se.

Após chegar ao Fisherman's Wharf, Charlotte ficou aguardando sua irmã, Hillary. Estava preocupada e com medo de ser descoberta pelo arcanjo Jack ou por Deus a qualquer momento, mas ela sabia que não tinha mais como voltar atrás, pois já havia cometido o erro. Se ela fosse descoberta, provavelmente ganharia um sermão de Deus, o que não era tão ruim assim, mas também não era bom.

12

Charlotte conversa com Hillary

Hillary Harris, a irmã suicida de Charlotte, quase nunca sorria. Tinha 1,62 metro de altura, cabelos lisos e castanhos, sempre presos em uma trança, olhos da mesma cor dos cabelos. Pelo corpo, diversos curativos cobriam enormes buracos causados por ácido sulfúrico, que Hillary usou para tirar sua vida. Uma luz alaranjada a rodeava, pois ela era uma alma do inferno. Charlotte nunca entendeu muito bem por que a irmã tinha ido para o inferno, apesar de ter se matado, pois Hillary havia sofrido em vida e não tinha pecados, pelo menos até onde Charlotte sabia. Hillary usava uma blusa de ombro caído rosa, short jeans e sapatilha cinza.

Hillary e Charlotte eram muito amigas. Hillary morreu aos 15 anos, exatamente dois anos antes de Charlotte. As pessoas se assustaram ao vê-la morta com grandes feridas e buracos espalhados pelo corpo. Mesmo conhecendo bem a irmã, Charlotte ainda não compreendia o motivo de seu suicídio, porque Hillary nunca deixou muito claro o que a fez chegar a esse ponto.

– Oi, Hilly. Quanto tempo! – disse Charlotte, feliz em vê-la.

– Quanto tempo? Você está doida? Eu te vi semana passada! – disse Hillary.

"Às vezes olhar para a Hilly me faz lembrar do dia em que eu vi o cadáver dela jogado naquele laboratório com buracos tão grandes que dava até para ver alguns ossos e músculos", pensou Charlotte.

– É que eu gosto muito de você, e ficar uma semana sem te ver já é muito pra mim... – disse Charlotte.

— Que fofo da sua parte! Obrigada! Você é uma das poucas pessoas que se importam comigo de verdade! – disse Hillary, com um grande sorriso no rosto.

— Nossos pais também se importam com você. Eles sofreram muito quando você morreu.

— Eu sei, mas eles esqueceram rapidamente de mim. Eles te preferem por você sempre ter sido a mais esforçada e inteligente de nós duas.

— Por que você acabou com sua vida, Hilly? Você nunca me explicou isso com clareza.

— Eu já te expliquei isso umas dez vezes! Eu fiz isso porque meus colegas me odiavam tanto que chegaram a me esfaquear escondido na escola, fui estuprada por dois meninos de uma escola próxima várias vezes, meus pais...

Charlotte a interrompeu:

— Eu entendi! Eu sei que você passou por muitas dificuldades, mas ainda acho estranha a história do seu suicídio... Enfim, vamos parar com isso. Como anda sua vida... morte no inferno?

— Muito chata. Aquele diabo pra quem trabalho me faz trabalhar o dia todo. Não aguento mais... E a comida que ele me dá consegue ser mais azeda que ácido sulfúrico.

— Pois é, mas infelizmente você vai ter que trabalhar eternamente pra ele. Hilly, me responda francamente: você acha que o inferno tem algum lado bom?

— Para as almas infernais como eu, não. Mas os diabos e demônios frequentam restaurantes com comidas boas, clube noturnos, cinemas, bares... Tem uma pilha de coisas para eles desfrutarem! Eu não entendo isso, Charlie! Eles foram os que mais pecaram na vida, morrem e vivem uma vida eterna mais legal que qualquer outro!

— Não tente entender a lógica do inferno. Ela é extremamente estranha e não tem sentido nenhum, assim como o próprio mal – disse Charlotte, rindo.

— Você tem toda a razão! – disse Hillary, rindo também.

— Você tem algum amigo lá no inferno, Hilly?

— Tenho alguns, mas não tenho muito tempo pra eles porque trabalho o dia todo. Fico a maior parte do tempo sozinha. Foi quase um milagre eu ter conseguido vir aqui te encontrar sem meu patrão ver...

— Bem, pelo menos você conseguiu. Isso já é muito bom. – Charlotte estava feliz em rever a irmã.

Hillary refez sua trança, prendeu-a com um elástico que tirou do bolso, respirou fundo e olhou a Baía de São Francisco com atenção, como se a estivesse estudando ou certificando-se de que ninguém estava próximo. Depois de observar misteriosamente a baía, Hillary olhou para Charlotte.

– Então, me conte, Charlie, como está sendo sua nova missão? Seu novo demônio rival é muito chato? Ouvi boatos de que vocês andam se dando bem... talvez bem até demais – disse Hillary, com um sorriso travesso.

Charlotte ficou tensa e olhou para os lados. De repente sentiu um frio percorrer seu corpo, pois não queria que a amizade entre ela e Erik se tornasse pública. Ela não imaginava que sua irmã soubesse que eles eram amigos. Charlotte sabia que tanto ela quanto Erik seriam o foco da atenção de todas as criaturas celestiais e infernais se descobrissem a existência de uma relação entre eles.

Charlotte então se aproximou de Hillary e perguntou no tom mais baixo possível, para que ninguém ouvisse a conversa das duas:

– Quem te falou isso?

– Você pode, por favor, se afastar um pouco? O brilho da sua auréola no meu rosto está fazendo meus olhos arderem – disse Hillary, rindo com os olhos contraídos.

– Me desculpe, Hilly – disse Charlotte, afastando-se um pouco.

– Minha amiga, Naomi Kimura, disse que você e Erik andam juntos direto e que ele fala de você com certa frequência. Ela é um demônio e conhece seu demônio rival.

Charlotte engoliu em seco. "Que porcaria... Eu não queria que ninguém soubesse da minha amizade com Erik", pensou com medo.

– Por que você está falando sobre isso? – perguntou Charlotte, ainda confusa sobre as intenções de Hillary com aquele assunto.

Hillary mexeu em sua trança e disse:

– Eu gostaria de saber mais de seu relacionamento com esse demônio. Sou sua irmã, e você nunca me contou nada sobre isso, o que me aborrece muito...

"Eu nem sei bem que tipo de relacionamento eu tenho com o Erik. Não sei se é apenas um relacionamento cordial entre rivais, se é amizade, uma leve paixão... não faço a mínima ideia do que é ainda. Como ela quer que eu explique alguma coisa?", pensou Charlotte.

– Eu não diria que existe algo entre nós. O fato é que nos damos surpreendentemente bem, só isso. Anjos e demônios geralmente não se entendem, mas nós somos uma exceção. Nós nos identificamos um com o outro mais do que eu gostaria, na verdade – contou Charlotte rindo.

Hillary ainda não estava entendendo aquilo direito e sentia que Charlotte estava escondendo detalhes da história toda.

— Eu não sabia que você era amiga de criaturas do mal. Desde viva você sempre abominou a maldade e agora está de conversa com um demônio? Eu não estou entendendo... você é mais estranha do que eu pensava — disse Hillary.

— Não é isso... É que Erik é muito peculiar. Ele não me deixa aborrecida com frequência, como a maioria dos demônios. Eu gosto de tê-lo por perto e sinto que ele se importa comigo. Apesar de ser um demônio, ele é muito simpático e engraçado. Eu não sinto repulsa quando estou perto dele.

Havia um ar de felicidade em Charlotte.

— Você está me assustando, Charlie... Nunca ouvi você falar bem de um demônio desse jeito. Ele com certeza está te manipulando — disse Hillary, desconfiada.

— Eu sou um anjo e sei muito bem quando estou sendo manipulada, Hilly. Já cheguei a pensar várias vezes que ele estivesse tentando me manipular, mas algo me fez sentir que não e que na verdade ele está sendo completamente honesto comigo. Talvez até mais honesto do que deveria.

Hillary ficou pensativa. Ela não entendia o motivo de sua irmã confiar em um demônio daquela maneira. Começou então a pensar que talvez eles se conhecessem havia muito tempo, o que justificaria o fato de eles terem se tornado amigos.

Na verdade, eles tinham acabado de se conhecer, mas Charlotte acreditava estar certa em seu julgamento sobre Erik.

— Que estranho. Um demônio ser honesto parece tão contraditório quanto o dono de uma joalheria não ser rico... Apesar disso, parece que algo me diz que você pode estar certa... Mas não se iluda. Eu apenas acho que você pode estar certa, não tenho certeza. Lembre-se do que nossa mãe costumava falar: não podemos ter cem por cento de certeza de nada na vida! — afirmou Hillary.

— Eu tenho cem por cento de certeza de que o Erik é honesto comigo sobre os sentimentos dele. Meus instintos me dizem isso desde que eu o conheci, e eles nunca falharam. Pelo menos até agora. O Erik é diferente dos outros demônios. Não há como negar isso — disse Charlotte, um pouco exaltada.

"Minha irmã deve estar ficando louca...", pensou Hillary, e disse:

— Bem, você é quem sabe. Vamos mudar de assunto. Me conte sobre a Lucy Schaller. Como ela está? Você a viu recentemente?

— Eu a encontro toda quinta na Lombard Street. Vou encontrá-la na sexta, esta semana, porque ela tem um compromisso na quinta. Espero que o pai dela não descubra nada até lá...

— Ele não vai descobrir nada. A Lucy é muito inteligente. Eu sei que ela não vai deixar isso acontecer. Fique tranquila, Charlie.

— É que a Lucy é minha amiga e eu me preocupo com ela. Quero que ela fique bem e que nosso plano continue dando certo.

— Vai ficar tudo bem com ela – disse Hillary, abraçando Charlotte.

Charlotte respirou fundo, desviou o pensamento para ficar mais calma, e disse:

— Preciso ir, Hilly. Até mais!

— Já? Que rápido! – disse Hillary, surpresa.

— Pois é, mas eu preciso ir agora. Não tem jeito. Até mais! – disse Charlotte, levantando voo.

Charlotte partiu tão rápido que nem sequer deu tempo de Hillary dizer alguma coisa. Ela estava com pressa, pois tinha um compromisso muito importante.

Hillary compreendeu que a irmã realmente precisava ir.

13
Pintando as asas

Depois de voar por um tempo, Charlotte finalmente chegou à Lombard Street, pousou lá e ficou esperando por Lucy. A Lombard Street era uma rua diferente: bonita e extremamente pequena e sinuosa, tinha flores em toda sua extensão. Escadas ao lado da rua permitiam às pessoas chegar às casas que a margeavam. Era um destino muito frequentado por turistas. Como Lucy sempre se atrasava um pouco, Charlotte ficou sentada em um banco observando as flores.

Lucy pousou na rua com suas asas pretas manchadas de branco depois de um tempo e foi andando lentamente até Charlotte, que, apesar de ser amiga dela, sentia um certo desconforto ao vê-la, já que, apesar de ser muito bonita, Lucy tinha vários traços de Lúcifer, o que lhe conferia uma imagem ruim. Lucy estava usando uma blusa branca com bolinhas pretas, calça preta, cinto marrom e sapatilhas pretas naquele dia. Preto, azul e vermelho eram as cores favoritas de Lucy, e por isso ela usava roupas dessas cores com frequência. Charlotte notou que algumas mechas do cabelo de Lucy estavam tingidas de ruivo.

— Oi, Charlie! Quanto tempo! — disse Lucy, abraçando Charlotte, que riu e disse:

— Eu te vi semana passada!

— É verdade! Eu tinha esquecido... É que eu tive uma semana tão longa e ruim que pareceu um mês em vez de uma semana.

— O que houve? Lucy, você está me escondendo algo?

Lucy escondeu o rosto, começou a chorar e disse:

— É meu pai... Ele é horrível com as criaturas infernais! Além de ter que morar com ele naquele castelo pelo resto da minha vida, ainda tenho que aguentar as tentativas dele de me manipular!

— Por que ele tenta te manipular, Lucy?

— Porque ele quer que eu seja igual a ele! Ele fica tentando me convencer de que a maldade é legal! Ele já conseguiu levar muitas pessoas para o inferno com as conversas persuasivas e manipuladoras dele, mas jamais vai conseguir fazer isso comigo! Ele realmente acredita que um dia eu vou gostar da maldade e que vou me divertir praticando-a! Você acredita nisso?!

— Qualquer tipo de maldade é terrível. Destrói a vida de qualquer um! — ao dizer isso Charlotte pensava na grande capacidade das pessoas de praticar a maldade.

— *Ich kann es nicht ertragen.*[1] Ele fica esfregando na minha cara o tempo todo que eu sou a decepção dele e que eu jamais vou ser a garota malvada que ele sempre quis! Ele diz que tem vergonha de me ter como filha e que só me teve para eu poder assumir o governo do inferno um dia, o que eu nunca vou fazer! — disse Lucy, inconformada.

— Seu pai deu origem ao mal... O que você esperava? Que ele fosse tolerar a sua pureza e bondade? É óbvio que ele não fará isso. Se você não aguenta mais essa situação, por que não assume sua identidade de anjo de uma vez por todas?

— *Was?*[2] Você pirou, Charlie? Se eu parar de pintar minhas asas e me tornar anjo, estarei sob o comando de Deus, o que é muito perigoso pra mim! Além disso, meu pai será ridicularizado por isso para sempre e eu não quero que isso aconteça!

— Você tem razão, mas pode chegar o dia em que você não conseguirá se disfarçar de demônio. Pode ser que suas asas fiquem brancas por inteiro e que você ganhe uma auréola... E depois que isso acontecer... pode não ter mais volta.

— Eu sei, mas quero continuar pintando minhas asas de preto e adiar esse dia o máximo possível. Mas ainda assim acho pouco provável que isso aconteça comigo.

---

1 "Não posso suportá-lo", em alemão.
2 "O quê?", em alemão.

— Mas pode acontecer. Então tome cuidado e me encontre aqui para eu poder pintar suas asas toda semana, senão você se transformará em anjo... E eu sei que você não quer isso.

— Não mesmo, Charlie. Afinal nós nos encontramos toda quinta aqui pra isso. Foi só nessa semana que eu tive um compromisso e tive que te encontrar hoje em vez de quinta.

— Qual foi seu compromisso? — perguntou Charlotte, curiosa.

Lucy respirou fundo e se segurou para não chorar. Ela queria fugir, gritar e liberar sua raiva. Não gostava de se lembrar do que havia visto.

— Eu e todas as outras criaturas infernais tivemos que observar quatro demônios sendo punidos por ordem do meu pai. Um deles foi queimado com óleo quente e esfaqueado, dois deles foram mutilados e o outro foi chicoteado. Também tivemos que ver um aborto. Muitas criaturas riam e aplaudiam ao ver aquelas coisas, como se estivessem em um *show*. Eu apenas chorava.

— Você viu um aborto? De quem?

— Da minha amiga, Naomi. Ela ficou grávida em forma humana. No inferno, quando isso acontece, meu pai chama os capangas dele pra fazer um aborto imediato. De acordo com meu pai, a gravidez de um ser sobrenatural é muito perigosa para o bebê e para a mãe.

— Como assim "de acordo com o seu pai"? Não entendi, Lucy.

— Ele diz que quando um demônio que tem forma feminina engravida, ele corre o risco de desintegrar junto com o bebê, mas isso é mentira. A verdade é que meu pai não suporta bebês e apenas quer se livrar deles.

— Que horror!

— *Já*.[3] Pois é. Eu sou contra essa política sangrenta do meu pai. Apoio o perdão e condeno a agressão. Acho um absurdo meu pai punir os demônios, os diabos e as almas daquele jeito. Odeio o mal. Detesto viver naquele lugar e ficar aprisionada naquele castelo! — afirmou Lucy, derramando uma pequena lágrima, que borrou levemente seu delineador.

"Até hoje eu não entendo o motivo de a Lucy ter o coração bom... Era para ela ser muito má. Muito mesmo. Será que ela herdou as características da mãe?", pensou Charlotte. Lucy era realmente um caso misterioso. Quem a conhecia não conseguia compreender sua pureza e bondade. Ninguém sabia de onde aquilo vinha. Talvez viesse de Daniela.

---

3   "Sim", em alemão.

— Quem era o pai do bebê? — perguntou Charlotte.

— O namorado mexicano dela, Javier Martinez, que foi mutilado por causa disso. A Naomi foi chicoteada depois de sofrer o aborto. Detestei ter que assistir a eles sendo agredidos daquele jeito — contou Lucy, limpando o rosto borrado com um lenço.

— Ela tem namorado? Achei que amar alguém no inferno era proibido!

— E é proibido! Eles não se amam, eles apenas... ficam. São companheiros casuais. Eles não são namorados. Acho que me expressei mal. Se a Naomi e o Javier fossem namorados, a punição deles seria ainda pior, porque criaturas infernais não podem amar ninguém.

— Falando em amor... Você ainda namora o Arthur? — perguntou Charlotte.

— Sim. Nós nos encontramos toda noite no mundo dos vivos. É o único jeito de nos encontrarmos, já que eu não posso entrar no céu e ele não pode entrar no inferno. Adoro conversar com ele. Seu sotaque inglês é tão charmoso... — O rosto de Lucy ficou radiante.

— Seu pai sabe sobre vocês?

— *Nein.*[4] Acho que não.

— Ainda bem!

— Bem, vamos parar de falar sobre minha vida. Pinte minhas asas, Charlie, por favor — pediu Lucy.

Charlotte colocou no chão a lata de tinta preta que estava segurando, abriu-a, mergulhou o pincel nela e começou a pintar as asas de Lucy. Em menos de dez minutos não havia resquícios de branco nas asas dela.

— Pronto.

— Muito obrigada por pintar minhas asas. Se eu não as pintasse e virasse um anjo, provavelmente meu pai me desintegraria — disse Lucy, dando a Charlotte uma nota de cem dólares.

— De nada. E pode guardar seu dinheiro. Eu sou um anjo, não aceito nem ligo para dinheiro. Sua amizade é o melhor pagamento que você poderia me dar — disse Charlotte, sorrindo.

— Você é mesmo muito legal, Charlie. Aliás, a maioria dos anjos são legais. Bem, preciso ir embora antes que meu pai ache que eu estou fazendo coisas erradas. Até mais, Charlie! Conversamos mais outro dia! — disse Lucy, voando para longe da Lombard Street.

---

4 "Não", em alemão.

— Até mais, Lucy! — disse Charlotte, voando para o céu para encontrar com Paula, que a esperava em uma cafeteria.

Charlotte gostava muito de conversar com Lucy, apesar de ela não ser tão querida entre as criaturas celestes. Ela admirava muito aquela bondade presente no coração dela. Se pudesse, Charlotte com certeza levaria Lucy para o céu. Isso, porém, era impossível, porque ela não queria se tornar anjo de jeito nenhum: tinha medo de ficar na mão de Deus. Lucy achava que Deus poderia fazer mal a ela por causa do seu pai, mas ela só pensava isso porque não conhecia o coração amoroso e puro de Deus.

14

Tewazes

Erik e Naomi estavam andando pelas ruas do inferno e conversando. Liam estava em casa, não quis encontrar os dois. Naomi estava abatida e com dor, pois havia sofrido um doloroso aborto. Erik gostaria de poder ajudá-la, mas não existiam palavras para consolá-la naquele momento. O máximo que ele pôde fazer foi se lamentar junto com ela.

— Eu nunca imaginei que o chefe matasse bebês demônios... Achei que ele só faria meu bebê desintegrar se ele fosse *tewaz* – disse Naomi, muito triste.

— Você ficou grávida porque quis ou foi um acidente? – perguntou Erik.

— Você acha mesmo que eu ia querer ter filhos depois de morta? É óbvio que foi um acidente!

— Entendi. E o que é um *tewaz*?

— Você não sabe o que é um *tewaz*? É uma mistura de demônio com anjo. Ele geralmente é desintegrado. O nome *tewaz* é uma mistura de duas palavras da linguagem sobrenatural: *tew*, que significa "bom", e *az*, que significa "pela metade", ou seja, *tewaz* significa, literalmente, bom pela metade – disse Naomi.

— Entendi. E por que eles desintegram?

— Os *tewazes* que crescem no ventre de um anjo não morrem porque Deus não desintegra bebês, mas os que crescem no ventre de um demônio desintegram, porque nosso chefe não os tolera.

— Eu não sabia disso... Quantos *tewazes* existem no mundo?

— Hoje existe um único *tewaz*. E ele desapareceu.

— Se eles são metade demônio e metade anjo, onde eles vivem? No céu ou no inferno?

— Eles vivem no Gaker Monda, que significa "meio do caminho", em linguagem sobrenatural. O Gaker Monda fica entre o céu e o inferno, bastante próximo ao mundo dos humanos. As *almaes daveys* também vivem nesse lugar, pois não foram enviadas nem para o céu, nem para o inferno. Em linguagem sobrenatural, *almae* significa "alma", e *davey* significa "dividida".

"Mortos que não foram enviados nem para o céu, nem para o inferno? Isso existe? Esse mundo é mais maluco do que eu pensei!", pensou Erik.

— Como assim? Por que essas tais *almaes daveys* não vivem no céu ou no inferno? Isso não tem lógica! — Erik não conseguia compreender.

— Porque Deus e Lúcifer não conseguiram definir para onde enviar esses mortos, Erik. Elas são boas e más ao mesmo tempo. A grande maioria das pessoas se torna uma *almae davey* quando morre — contou Naomi.

— Você já viu o único *tewaz* existente?

— Eu nunca vi, mas dizem que ele tem olhos cor-de-rosa, um pouco de brilho celestial e asas cinza. Dizem que, quanto mais escura é a asa de um *tewaz*, mais demoníaco ele é. E quanto mais branca, mais angelical. Eu acho isso muito louco! É muito maluco pensar que existe uma criatura assim — disse Naomi, rindo.

"Se a Naomi está rindo, isso quer dizer que ela já está menos triste! É um bom sinal!", pensou Erik, aliviado.

— Com certeza! Se você não me descrevesse os *tewazes*, eu jamais conseguiria imaginar uma criatura como eles! E é difícil acreditar que eles existem, porque anjos e demônios não se dão nada bem... — disse Erik, também rindo.

— Depende. Alguns ficam amigos, mas poucos conservam a amizade. Você e a Charlotte são exceção... Vocês se dão bem até demais — afirmou Naomi, rindo novamente. Erik ficou corado.

— Nós conversamos bastante. E, embora eu não queira admitir isso, eu... eu... gosto dela — disse Erik, sorrindo, ao pensar em Charlotte.

— Como é que é? Você gosta de um anjo? Isso me parece contraditório, já que você fala muito mal deles! Nunca imaginei que você pudesse se interessar por um anjo, Erik... — disse Naomi, surpresa.

— Calma! Você não entendeu direito! Eu não me interesso por ela! Eu só... gosto da companhia dela! — disse Erik, bravo.

— Conheço mentirosos de longe, Erik. Seus olhos não mentem: eles brilham quando você fala dela — disse Naomi, com um sorriso travesso.

— Você só está dizendo isso pra me provocar, Naomi. Eu sei disso. Te conheço muito bem.

— Você não me engana. Pode ser que você ainda não tenha percebido que está apaixonado pela Charlotte, mas pra mim está claro — afirmou Naomi, arrumando seus cabelos.

— Você acha que eu amoleci? É isso?

— Não seja bobo! É claro que não! Você continua o mesmo assassino maluco de sempre! A única coisa que mudou em você é seu tom de voz quando fala da Charlotte, porque você está apaixonado... — disse Naomi, exibindo um sorriso travesso novamente.

— *Förälskad?!*[1] Que exagero, Naomi! Eu me sinto bem quando estou com a Charlotte e acho ela legal, mas isso não significa que eu esteja apaixonado por ela! Aliás, você não lê meus pensamentos para ter tanta certeza disso... — disse Erik, inconformado.

— É verdade, demônios conseguem saber o que todos os vivos sentem, mas não têm a capacidade de fazer o mesmo com os mortos. Eu apenas sei que você está apaixonado porque te conheço muito bem.

— Fala sério, Naomi!

— A Lucy me disse que está sentindo que a Charlotte pode ser apaixonada por você! Você sabia disso? Que *Kawaii!*[2] O amor de vocês é correspondido! — disse Naomi, muito feliz.

"Estou começando a ficar assustado com essa conversa...", pensou Erik, engolindo em seco.

— Pare com essa conversa, por favor. Não gosto de falar sobre amor — disse Erik, irritado.

— Tudo bem, então. Só mais uma pergunta: por que você pegou flores do Jardim dos Pecadores ontem?

O Jardim dos Pecadores é um lugar no inferno com numerosas rosas de três cores: preta, vermelha e laranja. As rosas pretas florescem quando um novo diabo entra no inferno; as vermelhas, quando entra um novo demônio; e as alaranjadas, quando entra uma nova alma infernal. Aquele jardim nunca diminui, só aumenta, porque sempre que alguma criatura arranca flores de lá, novas flores idênticas surgem, ou seja, elas se regeneram.

— Peguei para... decorar minha casa — respondeu Erik, corado.

---

1 "Apaixonado", em sueco.
2 "Bonitinho", em japonês.

— Você é um péssimo mentiroso! É óbvio que você vai dar as flores para a Charlotte!

— Pare com isso! Se você não fosse minha amiga, já teria dado um soco na sua cara! — disse Erik, bravo.

— Calma! Estou só brincando! Como você é raivoso... — disse Naomi, rindo mais ainda.

— Desculpa. É que eu não... não gosto de falar dessas coisas — disse Erik, respirando fundo.

— Tudo bem. Não falaremos mais sobre isso hoje então.

— Obrigado. Eu aposto que você está com ciúmes da Charlotte. Por isso fica me provocando e dizendo que estou apaixonado por ela! Você tem uma queda por mim! — disse Erik, rindo.

— O quê?! Você está louco? Eu tenho namorado!

— Eu sei disso. Mas eu tenho certeza de que ele não é tão incrível quanto eu. Sou bonito, inteligente e engraçado, ou seja, perfeito.

— Você é tão modesto, Erik... admiro essa sua humildade.

— Eu não sou humilde. Quem tem que ser humilde, sorrir e comer ração são os anjos.

Os dois riram.

— Você tem toda a razão! — disse Naomi.

— Eu sempre tenho razão.

— E lembre-se: eu não tenho uma queda por você, tire isso da sua cabeça!

— Eu sei. Estou brincando, Naomi.

"Por incrível que pareça, a Charlotte e o Erik são os únicos que ainda não perceberam que estão apaixonados. Ou pelo menos fingem que não percebem", pensou Naomi.

Depois de conversarem por mais alguns minutos, Naomi e Erik se despediram.

A última coisa que Erik queria era que alguma criatura celeste ou infernal descobrisse seus sentimentos por Charlotte. Embora gostasse muito dela, ele ainda estava confuso sobre seus sentimentos. Não saberia dizer se estava apaixonado por ela ou se aquele era um sentimento natural de amigo. O certo é que Erik se sentia feliz ao lado de Charlotte. Além disso, Erik não sabia se acreditava ou não que Charlotte estava apaixonada por ele. Era difícil crer que um anjo se interessaria por um demônio. Na opinião de Erik, aquilo era uma grande mentira.

SOPROS

Por ser uma pessoa de coração frio, Erik não entendia bem o que era amar. Mas estava, sim, apaixonado por Charlotte e ainda não havia percebido. Charlotte também estava apaixonada por Erik e não tinha se dado conta disso, porque achava que jamais conseguiria amar uma pessoa tão diferente dela. O amor entre os dois crescia cada vez mais, e eles não estavam percebendo isso por estarem cegos com a ideia de que o amor entre eles era impossível.

15

A verdade é revelada

No dia seguinte, às sete horas da noite, Charlotte e Erik disputaram a consciência de Jillian novamente. Charlotte ganhou e ficou feliz com isso. Para a sorte dela, Jillian era uma menina que tendia mais a ser boa do que má.

– Pois é... você ganhou de novo. Isso já está ficando chato... – disse Erik, com dor de cabeça.

Charlotte lançou a fumaça prateada sobre Erik e disse:

– Nem sempre ganhamos, Erik.

Erik ficou pensativo. Não compreendia a extrema bondade de Charlotte. Ele nunca havia conhecido um anjo como ela antes. Charlotte tinha uma alma tão boa e piedosa que curava as dores dele. Talvez ela não fizesse isso apenas porque tinha um coração bom. Não era normal anjos ajudarem demônios. Erik achava aquilo muito esquisito. Ele queria saber se havia algum outro motivo para Charlotte ajudá-lo. Talvez existisse mesmo um outro motivo. Talvez não. Ele não fazia ideia. Queria muito descobrir.

– Por que você faz isso? – perguntou Erik.

– O quê? – perguntou Charlotte.

– Por que usou esse seu feitiço que tira dores em mim? Eu não consigo entender.

– Eu não gosto de ver ninguém sofrendo. Eu não deveria curar suas dores, mas... nem sempre as regras devem ser seguidas.

"Eu estou gostando dela cada vez mais...", pensou Erik. Ele estava feliz com o que ouviu.

— Como é que é? Eu ouvi direito? Um anjo acabou de dizer que não segue regras? Que legal!

— Não... Não é bem isso. Eu só não sigo algumas regras. Simplesmente acho que você é um dos poucos demônios que merecem piedade. Você se distingue dos outros demônios. E, além disso, não consigo aguentar ver você com dor...

— Eu também acho você diferente... Não sei por quê. — Erik deu um sorriso.

— Nem eu! Acho que estamos loucos! — disse Charlotte, rindo.

— Ou talvez não... — disse Erik.

Os dois se olharam fixamente. Os olhos de Charlotte ficaram mais claros e os de Erik também. Charlotte segurou a mão de Erik por um momento, depois os dois coraram e ela a soltou.

— Bem... Vamos parar com isso. Esse assunto está me assustando — afirmou Charlotte.

— Isso está me assustando também. Vamos falar de alguma coisa menos... maluca — disse Erik.

— Sim. Vamos fazer isso.

— Antes eu gostaria de te dar uma coisa. Eu não deveria fazer isso, mas quem liga para as regras? Elas são uma chatice!

— O que você vai me dar, Erik? — perguntou Charlotte, curiosa.

— Para eu poder te dar o que eu quero, precisamos ir para um lugar um pouco mais isolado. Não quero que ninguém nos veja.

— Tudo bem. Vamos lá.

A voz do arcanjo Jack disse então na consciência de Charlotte: *"Abra seus olhos, anjo. Já esqueceu que seu 'amigo' é um demônio? Ele está te manipulando, te fazendo de boba! A única coisa que ele quer é dominar a consciência da Jillian e te corromper"*. Charlotte ignorou o arcanjo Jack e continuou seguindo Erik. Ela estava curiosa. Sentia que havia algo além de maldade dentro dele e tinha quase certeza de que ele curiosamente não a estava manipulando. Charlotte sabia quando alguém a fazia de boba, e Erik parecia estar sendo honesto.

— Erik, preciso que você seja honesto comigo, embora eu saiba que isso não é a especialidade dos demônios — disse Charlotte.

Erik franziu a testa e disse, rindo:

— Você quer que eu seja honesto? Não entendi... O que você quer saber?

— Quero saber se você está me agradando e me fazendo gostar de você só pra que eu me transforme em um anjo caído, como muitos demônios já tentaram fazer comigo.

Erik riu do que Charlotte disse.

— Qual é a graça? — perguntou Charlotte, um pouco irritada.

— Eu não acredito que você acha que estou tentando te manipular! Isso é ridículo! Se eu quisesse te transformar em um anjo caído, já teria feito isso! Já fiz isso com quatro anjos! — disse Erik, ainda rindo.

— Por que você não tentou fazer isso comigo?

— Porque eu enjoei de fazer isso com os anjos, embora corrompê-los seja muito divertido. Resolvi dar um tempo.

— Tudo bem... — disse Charlotte, desconfiada.

"Eu acredito e não acredito no Erik ao mesmo tempo... Ele parece estar falando a verdade, mas, como ele é um demônio, é um pouco difícil de acreditar nele", pensou Charlotte.

— Enfim, Charlotte, eu te trouxe algumas flores do Jardim dos Pecadores. Imaginei que você fosse gostar. Se não quiser aceitar, eu vou entender, porque elas vieram do inferno, então... — disse Erik, sorrindo.

Charlotte ficou surpresa com as flores e pegou-as na mão. Não conseguia parar de olhá-las. Ela adorava gestos românticos e estava emocionada, mesmo tendo ganhado flores do inferno.

— Acho que você... realmente gosta de mim. Eu achei que estava enganada sobre isso, mas parece que não estou. Fiquei muito feliz com o presente — disse Charlotte, com um enorme sorriso no rosto.

"Estou com muito medo de ser punido e me sentindo ridículo por estar gostando de um anjo, mas cansei de esconder meus sentimentos. Se ela gostar de mim também, legal, se não, paciência, ela é que tem mau gosto", pensou Erik, que ficou corado, engoliu em seco e disse:

— Eu odeio admitir isso, mas estou gostando de você, Charlotte. Na verdade... eu amo você! Você roubou meu coração! — Charlotte ficou vermelha feito uma pimenta.

— Meu Deus! Não acredito! Eu sinto exatamente a mesma coisa! Nas últimas semanas, tudo que eu fiz foi pensar em você... Eu me sinto... a pessoa mais feliz do mundo quando estou ao seu lado! — disse Charlotte, sorrindo e passando a mão no rosto de Erik, que ficou assustado.

Charlotte riu e disse:

— Por que você está assustado?

— É que... eu nunca amei ninguém. Na minha vida inteira só namorei garotas por alguns dias. Você é a primeira pessoa por quem me apaixonei de verdade.

— Não tenha medo do amor, Erik. Não tenha medo de mim — disse Charlotte, sorrindo.

"Eu não tenho medo de você, Charlotte. Tenho medo do meu chefe...", pensou Erik. No mesmo instante, Erik e Charlotte se aproximaram tanto que eles conseguiam sentir o cheiro um do outro. Misteriosamente, o pingente de pentagrama no colar de Erik e o de cruz no colar de Charlotte grudaram um no outro e brilharam. Depois os dois se aproximaram ainda mais, mas foram surpreendidos por Paula, que surgiu voando inesperadamente.

— Charlie! Charlie! — ela gritou.

Assustado, Erik se transformou em um corvo e saiu voando desesperadamente. Em situações de perigo, para poderem voar mais rapidamente, os demônios se transformavam em corvos e os anjos, em pombas brancas. Charlotte ficou um pouco irritada e disse:

— Que susto, Paula! O que você está fazendo aqui?

— Você está bem, *mi amiga*? Fiquei tão preocupada com você! — disse Paula, abraçando Charlotte.

— O que houve?

— Eu pressenti que você estava em perigo e vim correndo te ajudar. Você se aproximou demais de um demônio! Deus disse que estava muito preocupado com você e sentiu a mesma coisa que eu! Ele recebeu o alerta do colar! Você se aproximou muito de um demônio, Charlie! Você não pode fazer isso!

"Verdade! Os pingentes dos colares se uniram!", pensou Charlotte. Anjos tinham o poder de sentir quando seu protegido ou seus amigos estavam em perigo.

— Por que acontece isso com os pingentes dos colares dos anjos e demônios quando eles se aproximam demais? — perguntou Charlotte, curiosa.

— É física sobrenatural. Os opostos se atraem. Quando pingentes opostos ficam perto demais, eles fazem soar um alerta de que um anjo pode estar em perigo. O Erik tentou te atacar? Você está bem? — Paula estava visivelmente preocupada com a amiga.

"Eu estava ótima... até você aparecer!", pensou Charlotte.

— Entendi. Eu estou bem, o Erik não tentou me atacar — disse Charlotte, indo embora para que Paula não falasse mais nada.

— O que são essas flores na sua mão?

— São um presente. Até mais, Paula! — disse Charlotte, sorrindo e voando para longe para não ter que dar mais explicações.

— *No!* Espere, Charlie! — disse Paula, voando atrás dela.

Charlotte se transformou em uma pomba branca e, voando mais rápido, conseguiu despistar Paula. Depois de um tempo, Charlotte pousou e se transformou em anjo novamente. Ela estava em um bairro residencial de São Francisco.

– Erik! Erik! Cadê você? – perguntou Charlotte.

Erik ouviu seu chamado, voltou para sua forma de demônio, e pousou ao seu lado.

– Meu Deus! A Paula me deu um susto enorme! Você está bem? – perguntou Charlotte, preocupada.

– Tirando o fato de que sua amiga estragou tudo, sim – respondeu Erik, rindo.

– Foram os pingentes dos nossos colares. Vamos tirar nossos colares e aquilo não acontecerá de novo. Eu espero...

– Sim... Acho que vou embora agora, Charlotte – afirmou Erik, corado.

– Não! Espere! – disse Charlotte, segurando-o pelo braço.

– Desculpe, preciso ir – disse Erik, tenso.

– Tudo bem. Se você não se importa, transformarei essas flores infernais em flores celestiais, iguais às do Jardim das Boas Almas, senão elas não entrarão no céu comigo.

– Sem problemas – disse Erik, dando de ombros.

Charlotte liberou uma fumaça azul com as mãos e transformou as flores pretas, vermelhas e alaranjadas em brancas, azuis e cor-de-rosa. No Jardim das Boas Almas, as flores brancas representam a chegada de um novo arcanjo no céu; as azuis, de um novo anjo; e as cor-de-rosa, de uma nova alma celestial. As flores do Jardim das Boas Almas também se regeneram.

– Bem, é melhor eu ir embora também. Já está tarde, e as minhas amigas devem estar me procurando para jantar lá na cafeteria – afirmou Charlotte.

– Tudo bem então... Até mais, Charlotte! – disse Erik, sorrindo.

– Até mais, Erik! – disse Charlotte, sorrindo de volta. "Quase!", pensou, suspirando.

Erik e Charlotte chegaram em seus respectivos destinos ainda pensando naquele momento entre eles. Infelizmente eles não conseguiram se beijar, porque Erik não conseguiu reunir coragem para isso, o que decepcionou Charlotte.

16

Conversas misteriosas

Ao chegar ao céu, Charlotte foi até sua casa, colocou as flores em um bonito vaso, as cheirou e sorriu. Estava feliz e frustrada ao mesmo tempo, pois o momento romântico que ela e Erik tiveram não acabou como ela esperava. Eles demoraram para reunir coragem e finalmente revelar seus sentimentos e, quando eles iam se beijar... Paula os interrompeu e estragou tudo.

Logo depois, Charlotte foi para a cafeteria encontrar Paula e mais duas amigas, que também eram anjos: Ashia Mahama e Rachel Aldrick.

Ashia tinha cabelos ondulados e castanhos e pele negra. Quando viva, seus olhos eram castanhos. Ela nasceu na pequena cidade de Dhamasa, na Somália, onde viveu em condições precárias. Por ser muito inteligente, conseguiu uma bolsa de estudos na Faculdade de Medicina da Cornell University e fez parte do programa Médicos sem Fronteiras por dois anos. Ashia morreu de câncer no cérebro aos 28 anos.

Rachel tinha cabelos loiros e ondulados, pele branca e olhos azuis, quando viva. Nasceu em Baltimore, nos Estados Unidos, fez Direito em Harvard e sempre foi uma pessoa muito bondosa. Ela morreu em um incêndio aos 26 anos. Os olhos de Ashia e Rachel ficaram lilases depois que elas se tornaram anjos, assim como os de Charlotte e Paula.

– Oi, meninas! – disse Charlotte.

– Olá, Charlie! Você parece feliz! O que houve? – perguntou Ashia.

– Aconteceu uma coisa que me deixou muito feliz! – respondeu Charlotte.

– Que legal! Conte o que aconteceu! – pediu Rachel.

— Eu... não quero falar sobre isso. Vocês não vão gostar muito – afirmou Charlotte, corada.

— Conte! – pediu Ashia, ainda mais curiosa.

— Não posso. Melhor não.

Paula estava um pouco confusa. Também queria saber o que havia acontecido, mas sentia que era melhor não perguntar nada.

— Bem, vamos falar de outra coisa, então. Como está indo sua missão? – perguntou Rachel.

— Muito bem. Para a minha sorte, a Jillian tende mais à bondade, então fica mais fácil para a consciência dela absorver meu sopro do que o do Erik – contou Charlotte.

— Quem é Erik? – perguntou Ashia.

— É o demônio com quem a Charlie disputa sopros. Conte a elas sobre ele, Charlie. Vocês se dão tão bem... – disse Paula, sorrindo.

Charlotte não entendeu o motivo de Paula estar fazendo aquilo. Sentiu que Paula queria retirar alguma informação dela.

— Bem, ele é bonito, charmoso e engraçado. Às vezes, ele me assusta porque não pensa no próximo e descumpre muitas regras – contou Charlotte, rindo.

— Você parece gostar dele. É verdade que vocês dois são amigos? – perguntou Rachel.

— Sim. Nós nos entendemos muito bem e o Erik é um demônio bem diferente dos outros. Ele não me causa repulsão. Ele... me faz bem. Gosto da companhia dele.

Ashia franziu a testa, confusa, e disse:

— Como assim? Não era pra isso acontecer! Você não deveria se sentir bem com ele!

— Eu sei, mas eu fico feliz quando estou ao lado dele. Nós rimos e conversamos. Sinto como se estivéssemos... conectados. Muito estranho isso, não acham? – perguntou Charlotte.

Ashia, Rachel e Paula se olharam. Pareciam preocupadas.

— Com certeza, Charlie. Isso é muito estranho – disse Paula.

— Por que vocês estão preocupadas? – perguntou Charlotte.

— Por nada. É que é perigoso um anjo andar com um demônio. Um pode corromper o outro, e isso não é bom. O ideal seria os dois completarem cada qual sua missão sem se corromperem – disse Ashia.

— Além disso, demônios gostam de manipular todo mundo. Você tem que tomar muito cuidado, Charlie. Eles podem parecer legais, mas não são. Aliás, são exatamente o oposto – disse Rachel.

– Eu sei disso, mas o Erik é peculiar. Eu sei quando estou sendo manipulada. A maioria dos anjos sabe. Ele não me manipula. É honesto até demais, na verdade – disse Charlotte.

"Não estou gostando nem um pouco dessa história...", pensou Paula.

– Charlie, você está falando besteiras! Ele não está sendo honesto com você, mas, sim, te fazendo acreditar nisso usando as habilidades maquiavélicas dele! – disse Paula.

– Bem, cada um tem sua opinião. Vamos falar sobre outra coisa. Como estão indo as missões de vocês? – disse Charlotte.

"Ela precisa acreditar... Ela não pode ficar com ele... Achei que isso não iria acontecer...", pensou Rachel.

– Bem, estou protegendo um menino grego de 8 anos chamado Nikos. Ele infelizmente tende mais a ser mal, e o demônio com quem estou competindo, um tal de Jacques, não para de se gabar disso... – disse Rachel, suspirando, decepcionada.

– Eu estou protegendo uma menina croata de 13 anos chamada Darinka. Ela joga futebol incrivelmente bem, é inteligente e tem um coração muito bom, graças a Deus! – contou Ashia, feliz.

– Eu estou protegendo um menino galês de 4 anos chamado Harry. Ele ainda não sabe o que é maldade. Sorte dele... – comentou Paula, rindo.

– Sorte dele mesmo. Maldade é horrível. Eu sou completamente contra a maldade – afirmou Charlotte.

Depois que as quatro terminaram de comer, Ashia e Rachel voltaram para suas casas. Paula e Charlotte ficaram voando pelo céu e conversando por um tempo.

– *Quiero saber la verdad.*[1] Me diga a verdade. O que está acontecendo entre você e o Erik? O que eram aquelas flores? Pensa que eu não sei que aquele corvo que saiu voando feito um louco era o Erik? – disse Paula.

– Por que você está tão interessada no que está acontecendo entre nós dois, Paula? Eu não entendo!

– Eu sou sua melhor amiga! Quero saber tudo o que está acontecendo com você!

– Tudo bem, eu admito! Eu e o Erik estamos apaixonados! Foi ele quem me deu aquelas flores! Ele se declarou pra mim! – disse Charlotte, aliviada por ter finalmente contado aquilo a Paula, que ficou boquiaberta.

---

1 "Quero saber a verdade", em espanhol.

— *Dios mio!* Isso não deveria ter acontecido... esse tipo de amor é perigoso para vocês dois! Além disso, como você conseguiu se apaixonar por alguém que um dia já matou pessoas e passa por cima de qualquer um para conseguir o que quer?

— Honestamente, eu não sei. Eu sinto que quero ficar com ele até o fim dos tempos. Mesmo sendo opostos, parece que temos um tipo de... conexão. Parece que eu sinto as dores dele e ele sente as minhas.

— Isso não deveria acontecer... O amor de vocês não faz sentido! Vocês deveriam se detestar, não se amar!

— Pois é, mas nem tudo é o que parece ser. Na primeira vez em que vi o Erik senti uma certa repulsa, porém, parece que depois tudo mudou e eu passei a me sentir alegre na companhia dele.

— Então foi por isso que os pingentes dos colares de vocês se uniram! Vocês se aproximaram muito porque iam se beijar! Meu Deus! Que nojo... — comentou Paula, torcendo o nariz.

— Por que você acha isso nojento?

— Porque no instante em que eu cheguei você estava prestes a beijar um demônio! Você tem noção do quão bizarro e errado é isso? Ainda bem que eu cheguei antes que essa desgraça acontecesse...

— Você estragou tudo! O Erik foi embora depois de você ter nos interrompido!

— Às vezes eu não te entendo, Charlie. Olha... Depois de ouvir que você quase beijou um demônio... me deu vontade de vomitar.

— Bem, então guarde seu nojo e seus comentários pra você. Até mais, Paula! — disse Charlotte.

Paula foi até os aposentos de Deus para conversar com ele sobre Charlotte.

De barba e cabelos brancos, usando uma túnica também branca, Deus estava cercado por um enorme brilho. Seu olhar era doce e acolhedor.

— Senhor! Senhor! A Charlie e o Erik assumiram que se amam! Seu plano infelizmente não conseguiu detê-los! Já era! É o fim! Vai acontecer o que o Senhor previu!

— Minha querida Paula, eu acho que o amor dos dois é mais intenso do que eu pensei — disse Deus.

— Sim, o amor deles é bem mais forte do que imaginaram. Achei que fosse impossível os dois se amarem depois que o Senhor rompeu a ligação entre eles — disse Paula, muito triste.

— Pois é, mas, assim como os humanos, os espíritos maus e bons também têm livre-arbítrio, e o amor entre dois espíritos pode ir além de uma simples conexão estabelecida no dia em que eles entraram no inferno ou no céu. Nem sempre podemos controlar isso.

— Mas... eles deveriam ser rivais! Isso não faz sentido, *Dios mio*!

— Tudo faz sentido, anjo. O único problema é que nem todos conseguem enxergar esse sentido. Charlotte e Erik nasceram para ficar juntos. O amor entre eles pode ser perigoso, mas não podemos impedi-los de ficar juntos.

— O que pode acontecer de ruim se o amor deles progredir?

— Você sabe muito bem o que pode acontecer. Mas se isso realmente acontecer, iremos ajudar os dois. Fique tranquila. Sua amiga está bem e, para nossa sorte, ela está amolecendo o coração de Erik Lundström muito facilmente. Quando verdadeiro, o amor é um sentimento poderoso.

— Mas isso pode ser muito perigoso para ele!

— Talvez não. Não tem como sabermos. Mas eu acho que o amor entre aqueles dois é forte o suficiente para impedir que aconteça o que você está pensando.

— O Senhor vai banir a Charlie do céu se ela não deixar de amar o Erik? — perguntou Paula, apreensiva.

— Depende de como ela vai se comportar. Se a Charlotte passar a cometer muitos pecados, terei que a banir do céu; caso contrário, eu não farei isso. Você conhece as regras, anjo. Além disso, o Erik também pode ser banido do inferno se infringir muitas vezes as regras de Lúcifer.

— Então os dois têm que tomar cuidado para não ganhar manchas demais na asa...

— Sim, mas não se preocupe com isso, querida! Deixe as coisas acontecerem! — disse Deus, tranquilo.

— Vou tentar, Senhor. *Adiós*![2] Até mais! — disse Paula.

— Até mais, Paula! — disse Deus.

Paula voltou para sua casa preocupada. Sabia que coisas ruins poderiam acontecer para Erik e Charlotte por conta do que eles sentiam um pelo outro. Preferiu não pensar sobre isso para não se desesperar. Começava a admitir que o fato de a amiga ter encontrado seu grande amor a deixava feliz, embora ele fosse um demônio. Paula queria que Charlotte fosse feliz com Erik. Mesmo não gostando dele, ela via que ele tinha algumas qualidades, embora não quisesse admitir. Porém, ao mesmo tempo, estava preocupada com os problemas que o amor deles poderia gerar.

---

2   "Adeus", em espanhol.

17

Encontrando Hillary novamente

No dia seguinte, às seis horas da manhã, Charlotte atravessou a Golden Gate e foi até Sausalito para ver de lá o nascer do Sol. Ela adorava ver aquela linda paisagem, mesmo que acontecesse apenas uma vez por dia e fosse tão cedo. Quando criança, Charlotte acordava toda manhã para ver o nascer do Sol da janela de seu quarto. Para ela, o nascer do Sol em Sausalito era bem mais bonito do que em Melbourne, sua cidade natal, e ela nunca se importou em acordar cedo para vê-lo. Charlotte fechou os olhos, respirou fundo e sorriu para sentir melhor a brisa da Baía de São Francisco e o pequeno feixe de luz solar que batia em seu rosto.

— Como eu amo essa vista! Que linda é a luz do Sol! – disse Charlotte, muito feliz.

No mesmo instante, Hillary apareceu discretamente ao lado de Charlotte e fechou os olhos para sentir a brisa e a luz. A luz do Sol fazia o brilho laranja em volta de Hillary ficar ainda mais claro.

— Às vezes, eu voo até Melbourne só para ver aquele lindo nascer do Sol que nós duas acordávamos para ver toda manhã. O nascer do Sol aqui em Sausalito também é bonito, mas eu prefiro o da nossa cidade – disse Hillary.

— Que susto, Hilly! Nem te ouvi chegando! – exclamou Charlotte.

— Almas nunca fazem barulho quando voam. Você sabe disso – afirmou Hillary.

— Se você gosta mais do nascer do Sol da nossa cidade, por que não foi até lá pra vê-lo? – perguntou Charlotte.

Hillary ficou quieta por um momento, como se estivesse processando o que sua irmã havia perguntado. Charlotte estranhou.

— Eu preferi ver o nascer do Sol aqui em Sausalito porque eu queria te fazer companhia. Sinto muito sua falta, Charlie...

— Eu também sinto. Queria muito que você morasse no céu comigo, mas Deus não permite a entrada de suicidas no céu, então não tem como isso acontecer.

— Você sabe o motivo de ele ter estabelecido essa regra?

— A vida é o maior privilégio que Deus pode dar a uma pessoa e, para ele, se a pessoa tira a própria vida, ela está cometendo muito mais do que apenas um pecado. Ela está ofendendo a Deus.

"Que exagero!", pensou Hillary.

— Vamos dar uma volta? – perguntou.

— Claro – respondeu Charlotte.

As duas começaram a caminhar pelas ruas de Sausalito. Como era sábado e muito cedo, quase não havia carros na rua. A cidade estava bem calma e com apenas um pouco de luz do Sol. Charlotte adorava sentir o cheiro de alecrim da cidade, ao contrário de Hillary.

— Como andam as coisas entre você e o Erik? Você nunca me falou mais nada sobre isso... – disse Hillary.

Charlotte gelou. Não queria que ninguém soubesse o que estava acontecendo entre ela e Erik, nem mesmo sua irmã. Ela tinha muito medo de que o amor entre eles acabasse por causa de fofocas. Além disso, ficou triste ao se lembrar de que aquele lindo momento entre eles havia sido arruinado.

— Nós estamos muito bem. Eu e ele... somos ótimos amigos.

Hillary ficou desconfiada:

— Você está me escondendo alguma coisa... O que houve entre vocês dois?

— Por que você quer tanto saber isso?

— Porque eu... eu... gosto de saber dessas coisas! Me conte o que houve! Eu sei que rolou alguma coisa!

Charlotte respirou fundo e disse:

— Bem, ontem ele me deu um buquê de flores muito bonito e... se declarou pra mim. Abri um sorriso enorme e disse que sentia o mesmo. Logo depois, rolou um clima entre nós, começamos a nos aproximar, aproximar... e quase nos beijamos. Sentir ele tão perto de mim foi... foi muito bom! Teria sido ainda melhor se a Paula não tivesse nos interrompido...

— Que demais! Mas vocês dois são rivais... O amor de vocês não é proibido? – perguntou Hillary, franzindo a testa.

— Mais ou menos. Contanto que eu não ceda à maldade, posso continuar com o Erik, já ele... se for pego... uma série de problemas pode acontecer, mas eu acho que ele tomará cuidado para que eles não aconteçam.

— É verdade... Demônios não podem amar. Eu tinha me esquecido disso. O Erik tem que tomar muito cuidado para não deixar o amor dele por você crescer muito.

— Sim. Isso é ruim e bom ao mesmo tempo, porque eu ficarei muito feliz se o Erik me amar muito, mas ao mesmo tempo triste porque isso é perigoso pra ele — disse Charlotte, preocupada.

— Muitas pessoas no inferno e no céu já estão sabendo desse lance entre você e o Erik, então é bom vocês tomarem cuidado com isso...

— Quem você conhece que sabe disso? — perguntou Charlotte, ainda mais preocupada.

— Várias criaturas infernais sabem disso. Mas não se preocupe. Só tome um pouco de cuidado — disse Hillary, sorrindo.

— Pode deixar, Hilly.

— Eu só me apaixonei uma vez na minha vida. Foi dois anos antes de eu me suicidar. Infelizmente a pessoa por quem me apaixonei não sentia o mesmo por mim e mais tarde se juntou àqueles idiotas para fazer *bullying* comigo... — contou Hillary, derramando algumas lágrimas ao se lembrar.

Charlotte ficou abatida ao ver a irmã triste, a abraçou e disse:

— Isso é passado. Essas pessoas não fazem mais parte da sua realidade. Esqueça elas e siga em frente.

— Você tem razão — disse Hillary, enxugando as lágrimas com as mãos. Em seguida, arrumou seu short, olhou as horas no relógio Champion laranja e se assustou.

— Já são oito horas! Meu patrão já deve ter acordado! Preciso ir! Até mais, Charlie! — E saiu voando rapidamente para baixo, atravessando o asfalto. Para voltar ao inferno, as criaturas infernais sempre atravessam todo o asfalto e o solo e chegam lá após poucos segundos. É um processo bem rápido.

Depois que Hillary desapareceu completamente, Charlotte continuou sua caminhada por Sausalito. Deparou-se então com dois gatos siameses muito feridos. Preocupada, passou a mão na cabeça dos dois felinos e disse:

— Não se preocupem, gatinhos. Estou aqui para ajudá-los.

Charlotte então esticou seus braços, lançou a fumaça prateada nos dois gatos, eles ronronaram e encostaram a cabeça na perna dela por um instante, depois miaram e foram embora. Os animais são os únicos seres que enxergam anjos e demônios.

Charlotte deu mais uma volta e achou um pardal com a asa quebrada. Ela foi até ele e lançou a fumaça prateada novamente. O passarinho piou e voou para longe.

Alguns segundos depois, uma menininha loira, que usava um vestido lilás, passou com sua mãe pela rua onde Charlotte estava. Ao ver Charlotte ali em pé, a menina ficou fascinada. Anjos sempre chamam a atenção de crianças por conta de seu brilho celestial, suas grandes e formosas asas, sua auréola e sua expressão bondosa e gentil. Embora crianças consigam ver anjos, elas não veem demônios e almas.

— Quem é você, moça? Como você é bonita e brilhante... — disse a criança, impressionada, enquanto se aproximava de Charlotte.

— Eu sou um anjo. Minha função é proteger as pessoas e guiá-las para o caminho do bem — disse Charlotte.

— Já ouvi falar de vocês na escola. Não achei que vocês fossem tão grandes e bonitos... — disse a menina, ainda impressionada.

A mãe estranhou e disse:

— Com quem você está falando, Joyce?

— Com essa moça, mãe! Ela é um anjo! Isso não é incrível? — disse Joyce, muito feliz.

— Não tem ninguém aí! Pare de falar besteiras! Vamos embora! — disse a mãe, brava e puxando Joyce pela mão, que soltou da mão da mãe e abraçou Charlotte com muita felicidade.

— Eu sou uma grande fã dos anjos, dos santos, de Jesus e de Deus. Rezo para eles todos os dias — disse Joyce.

— Continue assim, menina. As criaturas do céu estarão sempre do seu lado, nunca se esqueça disso — disse Charlotte, sorrindo.

Joyce então virou as costas e foi embora com a mãe. Charlotte gostava muito de crianças e desejava que as pessoas fossem tão puras quanto elas. Raras são as crianças com menos de 7 ou 8 anos que não veem anjos. As crianças não veem todos os anjos; veem apenas alguns deles. Sem que Charlotte percebesse, Erik apareceu atrás dela com um pacote de batatinhas Ruffles aberto na mão. Ele estava cheio de feridas e queimaduras no corpo, e a mancha branca de sua asa havia desaparecido.

— Essas criancinhas chatas só pensam em anjinhos e santinhos, nunca se lembram dos demônios! Elas são tão puras que me dá até nojo! — disse Erik enquanto mastigava uma batatinha.

— O que você esperava que elas fossem? Assassinas? As crianças são muito legais justamente porque não têm maldade no coração — afirmou Charlotte.

— Lógico que não! Os adultos são muito melhores porque são vingativos, egocêntricos, vaidosos, trapaceiros... — disse Erik, rindo e limpando suas mãos com um lenço que havia tirado do bolso de sua jaqueta preta.

— Às vezes, eu não te entendo... Aliás, o que houve com você? — comentou Charlotte, preocupada.

"Manchas na asa...", pensou Erik.

— Um pequeno presente do meu chefe por descobrir que eu gosto de você mais do que eu deveria — disse Erik, rindo novamente.

Charlotte levantou a mão para lançar a fumaça prata nos ferimentos de Erik, mas ele dissolveu a fumaça lançando fogo com as mãos.

— Não faça isso! Se você fizer, vou ficar ainda mais estraçalhado do que já estou! E eu gosto muito do meu corpo. Quero ele sem mais feridas! — pediu Erik, desesperado.

Charlotte nunca tinha ouvido falar que curar alguém podia fazer mal. Havia alguma coisa de errado...

— Mas o pó angelical não destrói como o fogo! Ele cura! Por que você está tão assustado?

— É que... Lúcifer disse que se você lançar esse pó angelical em mim novamente ele vai mandar os capangas dele me agredirem e me queimarem ainda mais.

— Que horror!

— Pois é. Vá se acostumando em me ver cheio de machucados se quiser continuar comigo. É assim que funciona lá no inferno. Quem descumpre regras se ferra.

— Que regra você descumpriu?

— Eu me apaixonei por você.

Ao ouvir isso, Charlotte pensou: "Então ele gosta mesmo de mim! Não era um truque para me manipular! Meu Deus!".

— Então é melhor nos separarmos mesmo. Eu amo você demais pra te fazer passar por isso só por minha causa... — disse Charlotte, triste.

— Não! Eu não quero me separar de você! Te amo muito! Não vou te deixar fazer isso! — afirmou Erik, passando a mão no rosto de Charlotte.

— E se alguém zoar de mim ou de você por estarmos juntos? — perguntou Charlotte.

— Não se preocupe, eu meto a porrada em quem fizer isso. Não estou nem aí para a opinião dos outros, então... — disse Erik, rindo.

— Agredir é errado...

— Por você bato em quem for necessário. Por você faço qualquer coisa, na verdade — disse Erik, dando um beijo na bochecha de Charlotte, que ficou vermelha feito uma pimenta.

— Você realmente não mentiu naquele dia, Erik... Você é mesmo incrível.

— Eu sei — disse Erik, rindo e mastigando outra batatinha.

Charlotte respirou fundo e disse:

— Bem, eu vou embora agora. Saiba que eu te amo muito.

— Eu também te amo muito, Charlotte. Aliás, quer uma batatinha Ruffles?

— Não, obrigada.

— Que bom. Assim fico com todas pra mim.

Charlotte riu e disse:

— Guloso!

— Sou mesmo! — afirmou Erik, rindo ainda mais.

Charlotte arrumou seu crucifixo, sorriu e disse:

— Vou encontrar com minhas amigas lá no céu. Até mais, Erik! Não se esqueça de que amanhã será o aniversário de 8 anos da Jillian! Vai ter uma festinha!

— Eu ainda não sei se vou nessa "festinha". Eu não gosto de festas infantis. São insuportáveis. Aquelas criancinhas correndo, gritando e rindo... Que coisa mais irritante. Ia ser muito melhor se elas cortassem a cabeça umas das outras e enforcassem os adultos mais autoritários.

— Meu Deus! Que horror!

— Que nada! Ia ser muito divertido ver criancinhas se matando!

"Esses demônios são mesmo malucos...", pensou Charlotte.

— Bem, até mais! — disse Charlotte, retirando-se com um sorriso.

— Até mais, Charlotte! — disse Erik, sorrindo de volta.

Charlotte voou até o céu e Erik caminhou um pouco mais pelas ruas de Sausalito, terminou de comer suas Ruffles e foi encontrar Naomi e Liam em um bar do inferno. Charlotte e Erik gostavam muito de ficar juntos e conversar, embora se separassem às vezes para encontrar seus amigos. Mesmo que os dois fossem muito diferentes um do outro, se amavam intensamente, brigavam bem menos que os demais anjos e demônios e se entendiam como ninguém.

18

A festa de Jillian

A festa de aniversário de Jillian foi em sua casa, à tarde. O lugar estava lotado de parentes e amigos. Os pais de Jillian alugaram uma piscina de bolinhas e um pula-pula para entreter as crianças. As pessoas estavam falando bem alto. Charlotte e Erik estavam lá. Em um certo momento, Faith foi até Jillian e disse:

— Filha, você não está nem sequer falando com seus parentes! Pare de brincar um pouco e converse com eles!

"Eu não sei se faço o que minha mãe mandou ou não...", pensou Jillian. Erik e Charlotte então sopraram nos ouvidos da menina. Erik disse em seu sopro: "Ignore a sua mãe. Divirta-se. É seu dia, aproveite-o. Esses parentes são uns chatos". E Charlotte disse: "Faça o que sua mãe pediu. Só por dez minutinhos. Seus parentes vieram de longe para te visitar". Para a infelicidade de Charlotte, Jillian absorveu melhor o sopro de Erik e disse:

— É meu dia, mãe! Eu quero brincar, por favor! Converse com eles por mim! — E no mesmo momento saiu correndo antes que sua mãe pudesse dizer qualquer coisa.

Erik sorriu e pensou: "Muito bom, Jill! Essa é a minha garota!". Charlotte ficou com dores de cabeça e disse:

— Parabéns. Você venceu dessa vez.

— Eu sei. Fiquei muito feliz com isso – disse Erik.

Ao perceber que Charlotte estava mesmo com dor, Erik disse:

— Você está com muita dor? Quer alguma ajuda? Bom, meus poderes servem para destruir coisas, não para curar, então é melhor eu nem tentar fazer nada...

— Não se preocupe, vai passar.

— Eu estou com fome. Vou pegar um sanduíche. Quer que eu te traga um? – perguntou Erik.

Charlotte riu muito. Erik levantou uma sobrancelha e perguntou:

— Qual é a graça?

— Você acabou de comer um pacote de batatinhas! Você está sempre com fome, Erik! Não é possível! Isso é muito engraçado!

— Sempre não. Quase sempre – disse Erik, rindo também.

— Dá pra perceber... – brincou Charlotte.

Erik riu novamente, piscou para Charlotte e foi pegar seu sanduíche.

Enquanto isso, Charlotte ficou observando as crianças se divertindo. Como elas eram grandes, já haviam cometido seu primeiro ato demoníaco e não conseguiam ver Charlotte ali. Além de observar as crianças, ela também viu vários anjos e demônios na festa, que acompanhavam adultos, idosos e crianças. Um desses anjos era Rachel, que acenou ao ver Charlotte. Ao vê-la, Charlotte acenou de volta.

Charlotte caminhou então até uma criança de 3 anos que estava chorando em um canto e pôs a mão na cabeça dela para acalmá-la.

— Obrigada, anjinho – disse a criança, sorrindo para Charlotte, que sorriu de volta e foi em outra direção. Uma nova criança veio em direção a Charlotte, a abraçou e disse:

— Que linda que você é!

— Obrigada – agradeceu Charlotte.

No pula-pula, dois meninos pulavam ao mesmo tempo, o que preocupou Charlotte, pois isso era bastante perigoso. Alguns segundos depois, as crianças pularam ao mesmo tempo e ficaram a poucos centímetros de chocarem suas cabeças fortemente.

— Filho, cuidado! – exclamou a mãe de Kyle, um dos meninos.

O anjo de uma das crianças lançou uma fumaça verde entre elas, que serviu como escudo, o que evitou uma forte colisão. O anjo era um homem loiro de olhos lilases que usava túnica azul e um crucifixo marrom. Charlotte não o conhecia. As mães deram um suspiro de alívio.

— Não sei como os meninos não se machucaram feio nesse pulo... Se anjos da guarda realmente existem, isso só não aconteceu porque um deles protegeu nossos filhos, Roxanne – disse a mãe do outro menino.

— É verdade, Pâmela. Graças a Deus nossos filhos estão bem! Fiquei muito assustada naquela hora... — disse a mãe de Kyle.

Erik apareceu ao lado de Charlotte com seu sanduíche na mão e disse:

— Caramba... Aquele anjo evitou um baita de um choque de cabecinhas.

— Sim. Graças a Deus — disse Charlotte, afastando-se do pula-pula.

Charlotte foi então dar uma volta pela casa com Erik, que comia seu sanduíche com gosto. Jillian estava brincando alegremente na piscina de bolinhas com duas amigas naquele momento. As três se divertiam em atirar as bolinhas coloridas para todos os lados. Erik riu e disse:

— Quando eu era criança nem ligava pra essas coisas. Só ficava isolado lendo livros sobre monstros e guerras. A única coisa que eu gostava em festas infantis era a comida.

— Eu me divertia bastante nessas festas. Sinto falta delas...

— Além de ler e comer, eu ficava só andando nessas festas e observando os outros. Eu sempre gostei de fazer isso — disse Erik, dando uma mordida em seu sanduíche e feliz ao se lembrar.

Erik viu então um menino de 5 anos em forma espectral na festa olhando fixamente para ele. Um brilho azulado cercava o corpo do garoto, que tinha olhos azuis e cabelos dourados, usava camiseta verde, tênis cinza e bermuda bege.

— Queria que você estivesse no céu comigo. Eu sinto sua falta — disse o menino, sorrindo e derramando uma lágrima.

— Eu também — disse Erik, sorrindo de volta. O menino enxugou suas lágrimas, correu e abraçou Erik com força. Charlotte viu o garoto, franziu a testa e disse:

— Quem é esse menino, Erik? Seu irmão?

Erik gelou. Não sabia o que dizer. Ficou paralisado. Olhou em volta e respirou fundo. "Ai, não...", pensou Erik, tenso.

— Depois conversamos. Vá brincar um pouco — sussurrou Erik.

— Por que você está me expulsando? Eu quero ficar com você, pai! — disse o garoto, triste.

— Depois nos encontramos. Prometo. Vá brincar um pouco, *pojke*[1] — disse Erik, piscando para o garoto.

— Tudo bem... até mais tarde — disse o menino, aborrecido e indo embora correndo.

---

1 "Menino", em sueco.

Charlotte ouviu a criança chamar Erik de "pai" e arregalou os olhos. Sentiu um frio na barriga. Estava confusa. Achou por um momento que estava ouvindo coisas ou tendo alucinações, mas logo percebeu que não era nada disso. Charlotte preferia fingir que não ouvira nada, mas sabia que agir assim era errado. Ela queria saber mais coisas sobre aquele menino.

— Quando você ia me contar sobre seu filho, Erik? — perguntou Charlotte, de braços cruzados.

— Eu... eu... não achei importante te falar sobre isso. Esse filho foi um acidente. Isso foi há muito tempo, então preferi não dizer nada — respondeu Erik, muito nervoso.

— Eu não estou brava por você ter um filho! Estou brava por você ter omitido isso de mim! Como você pode dizer que me ama sendo que escondeu um segredo como esse?!

— Eu guardei porque não queria te perder, Charlotte! Não sabia como você reagiria...

— O que você acha que eu sou? Um monstro? Eu jamais te deixaria por causa do seu passado! Isso seria um absurdo!

"Ela não ficou nem um pouco brava comigo. Os anjos são mesmo estranhos...", pensou Erik.

— Muito obrigado. Você é incrível. Fico muito feliz com isso — disse Erik, aliviado.

— Mas você devia ter me contado sobre esse filho! Pessoas que se amam não mantêm segredos umas das outras! — Charlotte estava magoada.

— Me desculpe. É que eu achei que você não fosse entender e que pensaria besteiras.

— Eu entendo. Aliás, qual é o nome do seu filho? E por que ele morreu?

— O nome dele é Anders. Ele nasceu quando eu tinha 22 anos. Quando o Anders tinha 5 anos, ele foi empurrado de um escorregador na escola por um menino e sofreu traumatismo craniano. Como não foi socorrido a tempo, acabou morrendo. Eu e a mãe dele processamos a escola, porque os professores que estavam cuidando da turma dele não o socorreram imediatamente, o que foi um absurdo. Alguns dias depois estrangulei o menino que matou meu filho. Chorei muito no dia em que o Anders morreu... — contou Erik, derramando algumas lágrimas ao se lembrar.

As crianças e os adultos se aglomeraram em frente à mesa de doces. Era hora de cantar parabéns para Jillian, que estava muito ansiosa.

— Quem é a mãe do Anders? Ela está viva? — perguntou Charlotte, franzindo a testa.

— Não importa. Vamos cantar parabéns para a Jillian — respondeu Erik, enxugando suas lágrimas com as mãos.

— Erik, chega de segredos! Me conte quem é!

Erik suspirou e disse:

— Katarina Larsson. Namoramos apenas 25 dias. Ela ainda está viva, mas já deve ter se esquecido do Anders, porque é casada e tem dois filhos.

— Uma mãe nunca se esquece de um filho. Nunca!

— Não sei, não...

— Não esquece. Confie em mim. Aliás, só por curiosidade, a Katarina é bonita?

— Sim, mas não se preocupe, porque você é muito mais. E, além de mais bonita, você é muito mais legal que ela — afirmou Erik, sorrindo.

Charlotte sorriu de volta. Após essa conversa, os dois se juntaram à multidão que estava cantando parabéns. Depois que as pessoas pararam de cantar, Jillian soprou as velas, cortou o bolo e todos aplaudiram.

— A Jill é uma das poucas crianças legais que existem. Eu gosto dela — disse Erik.

Logo depois, Jillian e os convidados foram comer o bolo. Enquanto se deliciavam, Jillian olhou para Erik, o que o assustou. Ao contrário dele, a menina não estava assustada, mas sim surpresa. Ela olhou dentro dos olhos dele e começou a se aproximar lentamente.

— O que está acontecendo? Por que, em nome de Deus, ela está olhando para você? — perguntou Charlotte, assustada.

— Não é possível! Ela... me... viu? — disse Erik, mais surpreso do que nunca.

— Isso não tem lógica! Não tem como uma criança ver um demônio! Eu nunca vi isso!

Jillian passou a mão na asa esquerda de Erik e um pó preto e brilhante saiu em sua mão. Ela olhou para o pó e depois o jogou no chão.

— Quem é você, moço? Por que você tem olhos vermelhos? Você é um anjo? — perguntou Jillian.

— É... é... Sim. Eu sou — disse Erik, um pouco nervoso.

— Suas asas não deveriam ser brancas? Se você é um anjo, por que tem asas pretas? — perguntou Jillian, intrigada.

Charlotte e Erik estavam sem palavras. Jillian olhou para Charlotte e disse:

— Eu já te vi em algum lugar, moça! Você é um anjo! Se você é um anjo e tem asas brancas e auréola, por que esse moço bonito ao seu lado tem asas pretas e não tem auréola? Não entendi.

"Eu acho que essa menina tem poderes paranormais! Isso é muito perigoso", pensou Charlotte.

— Por que vocês estão tão quietos? Falem comigo! – disse Jillian.

Charlotte e Erik se olharam e permaneceram em silêncio. Não sabiam o que fazer. Nenhum dos dois tinha visto uma pessoa acima de 7 ou 8 anos que conseguia enxergar anjos e jamais viram alguém que enxergava demônios. Aquilo não fazia sentido.

"A Jill não deveria estar me vendo! Ela já tem 8 anos! Além disso, ela também não deveria estar vendo o Erik!", pensou Charlotte.

— Espere um pouco! Branco e preto são cores opostas! Vermelho e preto são as cores do mal! Se a moça é um anjo, o moço só pode ser um... um...

Antes que Jillian tivesse um surto e dissesse mais alguma coisa, Erik lançou rapidamente um brilho vermelho forte com as mãos, o que fez os olhos de Jillian retraírem por um momento. Depois lançou um brilho amarelo um pouco mais fraco.

— Por que meus olhos estão ardendo? O que estou fazendo aqui parada? Vou comer meu bolo! – disse Jillian, correndo animada para sua mesa.

Erik deu um suspiro de alívio. Charlotte não entendeu o que Erik havia feito e ficou com medo que fosse algo ruim. Preocupada, perguntou:

— O que você fez com ela?

— Usei brilho imunizador, que é vermelho e serve para formar um escudo invisível nos olhos, nos ouvidos e no nariz das pessoas que veem coisas sobrenaturais. Esse brilho fecha as portas do mundo sobrenatural para essas pessoas. Além disso, usei brilho amnésico, que é amarelo e faz as pessoas esquecerem do anjo ou demônio que viram para a própria segurança delas. Eu usei esse mesmo brilho na Jill quando eu te conheci – explicou Erik.

— Ainda bem que você fez isso com a Jill, senão ela ia ter um treco – disse Charlotte, aliviada.

— Com certeza. As pessoas que, por acaso, veem seres como nós geralmente surtam – afirmou Erik, rindo.

— Melhor irmos embora antes que mais uma criança paranormal apareça. Estou com medo – disse Charlotte.

— Você tem razão. Melhor irmos embora.

Charlotte e Erik saíram voando da festa. Geralmente os anjos e demônios das crianças e adultos permanecem até a festa acabar, esperando ansiosamente por uma disputa de sopros. Mas Erik e Charlotte ficaram tão assustados com o ocorrido que preferiram sair. Os dois não sabiam que Jillian tinha poderes paranormais e, ao descobrirem isso, Erik os tirou dela rapidamente. Pessoas com mais de 8 anos não podem ver seres como Charlotte e Erik, é contra as regras e muito perigoso. Além de Jillian ter perdido seus poderes paranormais, o que já era muito bom e saudável para ela, se esqueceu do que tinha visto.

19

Encontro com os amigos

Após terminar de comer seu sanduíche, Erik foi encontrar Liam e Naomi em uma sorveteria no inferno.

Naomi estava usando uma camiseta preta com losangos rosa e verde desenhados, saia curta azul, meia-calça preta, gargantilha e pulseiras de várias cores. Além disso, as mechas cor-de-rosa do cabelo de Naomi agora estavam verdes.

Liam estava usando uma regata cinza, bermuda jeans e tênis preto. Era possível ver sua tatuagem de caveira no braço esquerdo.

– Oi, pessoal! – disse Erik.

– Oi, cara! Sua boca está suja de maionese! – disse Liam, rindo.

– Obrigado, Liam – disse Erik, limpando sua boca com um lenço que tirou da jaqueta.

Naomi arrumou o cabelo e disse:

– Onde você estava, Erik?

– Hoje é o oitavo aniversário da Jillian, a garota que eu e a Charlotte acompanhamos. Fomos à festa dela.

– Foi legal a festa? – perguntou Liam.

– Mais ou menos. Aconteceu uma coisa muita estranha lá. Na verdade, duas.

– *Hontōni?*[1] Conte o que foi! – pediu Naomi, curiosa.

Erik não gostava de falar sobre seu filho. E tampouco gostou de Jillian tê-lo visto. Além de Anders ter aparecido na hora mais inconveniente possível

---

1 "Sério", em japonês.

e o deixado nervoso, pela primeira vez Erik foi visto por uma criança. Ele já tinha sido visto por alguns adultos, nunca por crianças. Pelo menos Erik fez com que Jillian perdesse seus poderes paranormais e tudo ficou bem.

— Eu já contei pra vocês que eu tenho um filho, certo?

— Sim — respondeu Liam.

— Bem, ele apareceu no meio da festa e começou a falar comigo. Eu gelei. Fiquei desesperado, não sabia o que fazer. A Charlotte estava comigo e achei que ela fosse ficar com ciúmes, alguma coisa assim, então disse pra ele falar comigo mais tarde e, em vez de dar o fora, ele fez o favor de me chamar de "pai" na frente dela...

Naomi ficou boquiaberta e perguntou, curiosa:

— Como ela reagiu?

— Não ficou nada feliz...

— Imaginei. Não deve ser fácil saber que seu namorado tem um filho com outra, por mais que seja uma criança que nasceu antes de o casal se conhecer... — disse Liam.

— Ela não ficou incomodada com isso. O problema foi eu não ter contado a ela antes. Disse que eu não devo esconder nada dela. Mal ela sabe que eu tenho milhões de segredos malucos que ela preferiria não saber — disse Erik, rindo.

— É verdade! Será que ela sabe que você já matou pessoas? — perguntou Naomi.

— Sim, ela sabe. Todos os demônios já mataram alguém. O que ela não sabe é que eu cortava a garganta de cachorros quando criança, torturava alguns meninos na escola para que eles fizessem o que eu queria, me meti em mais de vinte brigas, ganhei dez concursos de soletrar porque trapaceei, fui preso sete vezes e escapei da prisão cinco... essas coisas.

— Entendi. De todas as coisas que você citou agora, ganhar um concurso dez vezes trapaceando foi a menos pior. Mas não posso mentir: eu fazia coisas parecidas também... — afirmou Naomi, que sorriu logo em seguida.

— Eu também — disse Liam.

— Todos nós temos um passado obscuro. Bem, vamos escolher nossos sorvetes. Eu vou querer um de *cookies'n cream*. E vocês? — perguntou Erik.

— *Ichigo*.[2] Eu vou querer de morango — disse Naomi.

— Eu vou querer de chocolate — disse Liam, levantando da cadeira para buscar os sorvetes. Logo voltou com eles na mão.

---

2 "Morango", em japonês.

— Como estão você e Charlotte? Assumiram o amor de uma vez? — perguntou Naomi, lambendo seu sorvete.

— É... sim. Eu não aguentava mais esconder meus sentimentos. Sei que posso me dar muito mal por ter me apaixonado por um anjo, mas estou disposto a correr esse risco. Eu amo a Charlotte — disse Erik.

— Muitas criaturas aqui no inferno já estão sabendo desse caso entre vocês dois, Erik. É bom você e ela tomarem cuidado, principalmente você, que pode ganhar muitas manchas na asa nessa brincadeira — disse Liam, preocupado.

— Eu sei disso. Vou tomar muito cuidado, mas nunca desistirei dela. Eu me apaixonei pela Charlotte. Senti uma conexão com ela no momento em que a vi. Parece bizarro, mas é verdade — contou Erik, saboreando seu sorvete.

— Eu sei como é isso. Se apaixonar logo de cara... É uma sensação estranha no começo, mas depois que você percebe que tudo se encaixa, a sensação passa a ser maravilhosa... — disse Naomi, suspirando.

— Por que você está falando desse jeito, Naomi? Parece que bebeu! — disse Liam, rindo.

— Eu lembrei da minha primeira paixão intensa. Aconteceu quando eu tinha 18 anos. O nome dele era Hiro Minamoto. No começo achei que ele era só um amigo muito legal, que me entendia bem, mas depois percebi estar mesmo apaixonada — contou Naomi.

— Ele também gostava de você? — perguntou Erik.

— Infelizmente não. Ele gostava de outra menina, porém, quando me apaixonei por ele, me senti tão bem, tão feliz... Foi muito bom. *Subarashīdesu*.[3] Ele era perfeito: me fazia rir, conversava comigo, era esperto... — disse Naomi, fechando os olhos e suspirando.

— Primeiras paixões são sempre intensas. A minha foi quando eu tinha 13 anos. Elizabeth O'Neil era o nome dela, mas todos a conheciam como Liz O'Neil. Ela era perfeita. Nós namoramos por um ano. Meu coração acelerava quando eu chegava perto dela... E você, Erik? Quem foi sua primeira paixão? — perguntou Liam.

— Eu nunca me apaixonei loucamente como vocês até conhecer a Charlotte, mas a minha primeira pequena paixão foi com 15 anos. Me apaixonei por uma menina chamada Anna Svensson. Ela era muito inteligente e muito bonita. Pena que não quis ficar comigo na época. Eu batia em todos os meninos que chegavam perto dela.

---

3 "Maravilhoso", em japonês.

— Eu também batia nas meninas que chegavam perto do Hiro. O Liam é mesmo um sortudo... Estou com inveja dele. É o único de nós que namorou o primeiro amor! – disse Naomi, rindo.

— A culpa não é minha se nasci perfeito – disse Liam, saboreando seu sorvete e sorrindo.

— Perfeito? *Verkligen?*[4] Você passou bem longe de ser perfeito, Liam... – disse Erik. Ele e Naomi começaram a rir.

— Com certeza! – disse Naomi.

— Bem, vamos falar de alguma coisa menos melosa. Vocês foram ao *show* de *heavy metal* que aconteceu na semana passada? Foi demais! – disse Liam.

— Eu fui! Foi incrível! Radical! Adoro o som daquela guitarra! – disse Naomi.

— Eu fui, cara! *Jag älskade!*[5] Aquilo sim é música! Não sei como tem pessoas que conseguem ouvir música clássica! É uma porcaria! – disse Erik.

— Sim! Eu não aguento ouvir música clássica... É puro tédio – comentou Naomi, revirando os olhos.

— Nem eu! Coitados dos anjos que têm que ouvir aquele negócio todos os dias! – comentou Liam, rindo.

— É verdade! Temos muita sorte por poder ouvir música de verdade! – afirmou Erik.

— Será que a Charlotte já ouviu *heavy metal?* – perguntou Naomi.

— Não sei, mas, se ela não ouviu, não viveu ainda – respondeu Erik.

— A Charlotte é bonita? Se ela for, quero conhecê-la e bater um papo com ela... – Liam tinha um sorriso travesso no rosto.

— Sim, mas ela é só minha! Nem vem! – disse Erik, bravo.

— Fique tranquilo. Não vou dar em cima da sua anjinha – disse Liam, rindo e lambendo seu sorvete.

— É melhor você não provocar o Erik, Liam, senão ele vai virar sua cara do avesso – afirmou Naomi.

— Com certeza – disse Erik, já mais calmo.

— Desculpe, Erik – disse Liam.

— Tudo bem. Você tinha que ver a cara de assustado que fez! Foi muito engraçada! – disse Erik.

— Foi mesmo! – disse Naomi.

---

4 "Realmente", em sueco.
5 "Eu amei", em sueco.

Os três riram por um bom tempo, até começarem a falar de outro assunto e, finalmente, terminarem seus sorvetes. Então, Naomi foi para um bar, Erik para a academia, e Liam para a casa dele. Eles eram ótimos amigos e, mesmo que tivessem se conhecido depois de mortos, sentiam que já se conheciam há muito mais tempo, pois se davam perfeitamente bem. Naomi, Erik e Liam tinham inúmeras coisas em comum além da idade, o que fortalecia ainda mais a amizade deles. Os três se encontravam para conversar com bastante frequência. Riam muito juntos. Eram mais que melhores amigos; eram quase irmãos, de tão próximos.

20

Melbourne

No mesmo dia, à noite, Erik e Charlotte tiveram uma disputa de sopros, que Charlotte ganhou. Infelizmente ela teve que deixar Erik sofrer com sua dor, pois, se tentasse ajudá-lo, ele poderia ser severamente punido. Por sorte, a dor de Erik passou rapidamente. Como os dois estavam na casa de Jillian sem nada para fazer, ficaram sentados no sofá azul ao lado dela vendo *Phineas e Ferb*. Jillian estava com um balde vermelho de pipoca em seu colo enquanto assistia ao desenho.

— Esse desenho animado é um dos poucos que presta – disse Erik.

— Não fale assim! Eu gosto muito de desenhos animados! – disse Charlotte.

— Como as pessoas conseguem gostar de ouvir esses personagens de desenho animado chatos falando? A voz deles consegue ser pior que a da minha vó me dizendo: "Pare de ficar lendo quadrinhos! Vá correr com os meninos!" – disse Erik, imitando a voz fina da vó. Charlotte não resistiu e riu muito, enquanto Erik esticava o braço direito e pegava um punhado de pipocas.

— Erik, essa pipoca é da Jillian!

— Eu adoro pipoca e tem um balde de pipoca do meu lado, então eu vou comer! Não sei quando vou poder comer pipoca grátis de novo!

— Você não tem jeito mesmo...

Depois de comer as pipocas, Erik pegou mais delas no balde de Jillian, que olhou para seu colo e disse:

— Eu devo ter comido essas pipocas muito rápido. Não tem mais quase nenhuma no balde...

Erik riu muito quando ouviu isso. Charlotte também não se conteve e riu.

— Coitada da Jill! Você acabou com as pipocas dela! — disse Charlotte, ainda rindo.

— Eu não estou nem aí! Tenho que aproveitar essas oportunidades que eu tenho de comer coisas boas e grátis sem que ninguém me veja! — disse Erik, rindo ainda mais.

Minutos depois, Erik se levantou do sofá e começou a andar de um lado para o outro. Charlotte estranhou. Ele parecia nervoso e Charlotte percebeu isso.

— O que foi?

— Não aguento mais ver TV, Charlotte. Preciso fazer alguma coisa mais divertida, menos irritante...

Charlotte se levantou do sofá e começou a pensar em algo divertido para fazer. Ela estava sem ideias. Ficou olhando para um ponto fixo na parede branca da sala de Jillian e refletindo. Ela também queria se divertir. Logo depois, Charlotte desviou seu olhar para um vaso prateado de flores artificiais lilases, que estava na mesa de centro preta, e sorriu porque se lembrou daquelas flores que Erik lhe dera. No mesmo instante, Charlotte teve uma ideia e disse:

— Já sei o que podemos fazer!

— O quê? Me diga! Não aguento mais ouvir a voz desses meninos tontos! — disse Erik, irritado.

— O que acha de voarmos até Melbourne, minha cidade natal? Assim podemos dar uma volta por lá e eu posso te mostrar minha casa!

— Pode ser, mas não é muito longe?

— É longe, mas você bem sabe que seres sobrenaturais voam muito mais rápido que aviões, então acho que isso não será um problema para nós.

— Você tem razão — disse Erik, fechando o zíper de sua jaqueta.

Charlotte e Erik atravessaram a porta de Jillian e começaram a voar em direção a Melbourne. Enquanto voavam, os dois se divertiam: giravam, desciam, subiam, davam cambalhotas no ar... Uma experiência inesquecível para ambos. O que eles mais gostaram de fazer foi rodopiar e girar um em torno do outro. Fizeram isso inúmeras vezes. Sentir o vento no rosto foi muito agradável. Erik e Charlotte atravessavam as nuvens tão rapidamente que nem percebiam passar por elas. Em certo momento, Erik subiu demais e começou a cair, pois chegou ao lugar do céu onde os demônios não conseguem entrar. Muito preocupada, Charlotte voou rapidamente até ele e o segurou fortemente pelas mãos.

— Você está bem, Erik? — perguntou Charlotte, preocupada.

— Melhor agora que estou segurando suas mãos e olhando nos seus olhos.

Charlotte corou e disse:

— Eu... agra... o... obrigada.

— Fale a verdade. Eu não sou tão ruim assim em dizer coisas românticas, sou? — perguntou Erik, sorrindo.

Charlotte viu que Erik já havia recuperado o equilíbrio, o soltou e disse, sorrindo de volta:

— Você é ótimo nisso, Erik. Além disso, você me faz sorrir como ninguém jamais fez.

— Sério? O... obrigado. Fico feliz com isso. Eu gosto muito de te ver sorrir.

Os dois voltaram a voar, agora um pouco mais baixo, pois já estavam quase chegando a Melbourne. No meio do caminho, rodopiaram mais duas vezes e ficavam alegres enquanto faziam isso.

— Gostei bastante de rodopiar. É muito divertido e faz o tempo passar bem mais rápido — disse Erik, feliz.

— Sim. Eu também gosto muito! — Charlotte estava radiante.

Em alguns minutos, Charlotte e Erik estavam em Melbourne. Ao ver sua cidade depois de tanto tempo, Charlotte abriu um enorme sorriso. Ela sentia muitas saudades daquele lugar. Erik não conhecia Melbourne. Era uma cidade bem diferente de Estocolmo. Melbourne tinha vários prédios, uma bonita ponte e construções históricas interessantes. Era uma cidade bastante cheia e bem iluminada. Estocolmo também era bonita, mas tinha construções mais baixas.

— Está gostando de Melbourne? É uma cidade bonita, não acha? — perguntou Charlotte.

— Sim, eu gostei bastante.

— Venha comigo. Vou te levar até minha casa.

Erik seguiu Charlotte até onde ela desejava ir. A casa de Charlotte ficava a poucas quadras do Queen Victoria Market, um mercado estilo vitoriano grande e famoso, construído em 1878. Ao chegarem à rua da casa de Charlotte, os dois pousaram e começaram a andar por lá, até que acharam a casa e pararam. Charlotte observou sua casa com a testa franzida. A cor das paredes externas e da porta havia mudado. Mas ela sabia que isso não importava, o que realmente importava era que aquela era sua casa, seu lar, desde que havia nascido. Lá morava sua infância, sua adolescência e parte de sua idade adulta. Três festas de aniversário de Charlotte e quatro de Hillary foram feitas naquela casa.

— Você está bem, Charlotte? — perguntou Erik, preocupado.

— Estou sim. Só fiquei triste por terem mudado a cor da parte externa da minha casa. Como faz anos que ninguém da minha família mora aqui, logo imaginei que isso aconteceria.

— Pelo tamanho da casa, acredito que você tenha sido muito pobre quando viva... — comentou Erik, rindo ironicamente.

— Minha família não era rica, Erik. Nunca foi. Nós éramos de classe média.

— Classe média muito alta, não é?

— Não! Meu pai era professor na Universidade de Melbourne, e minha mãe era advogada. Em nenhuma dessas duas profissões se ganha muito.

— Depende. Se sua mãe defendia bandidos...

— Você está louco? Ela nunca defendeu bandidos — afirmou Charlotte, um pouco irritada.

— Azar o dela. Advogados de bandidos são os que mais ganham — disse Erik, dando de ombros.

"Não fique brava... Se controle... Ele só está te provocando...", pensou Charlotte, respirando fundo.

— Bem, esta é minha casa. Melhor não entrarmos porque não quero correr o risco de encontrar crianças ou pessoas paranormais — disse Charlotte.

— Okej.[1] Você quem sabe. A casa é sua. Ou melhor, era. Para onde você quer ir agora?

— Vamos andar pelas ruas. Sinto bastante falta de fazer isso e acho que você vai gostar de andar por aqui — disse Charlotte, sorrindo.

— Tudo bem, então... — disse Erik, dando de ombros novamente.

Erik começou a acompanhar Charlotte pelas ruas de Melbourne. Ele olhou para cima e viu vários prédios modernos, o que o impressionou bastante. Era uma cidade com bastante movimento, mas a área onde Charlotte e Erik estavam não era assim. Era uma área mais quieta, porém bem iluminada. Os dois estavam se aproximando do Queen Victoria Market.

— Por que você está olhando tanto pra cima? — perguntou Charlotte.

— Estou impressionado com a quantidade de prédios bonitos e modernos dessa cidade. Estocolmo é bem diferente daqui. Lá tem muito mais casas do que prédios. Muito mais mesmo.

---

[1] "OK", em sueco.

— Isso é uma crítica ou um elogio a Melbourne?
— É uma crítica e um elogio. Essa grande quantidade de edifícios dá um toque de modernidade à cidade, mas ao mesmo tempo acaba poluindo a paisagem, deixando o lugar... Como posso dizer? Deixa... cosmopolita demais — refletiu Erik.
— Como assim?
— Não sei explicar. É que eu... não gosto de lugares muito cosmopolitas e modernosos. Talvez eu tenha me acostumado com Estocolmo, não sei.
— Como é Estocolmo? Nunca estive lá...
— Nunca? Que pena... Estocolmo é uma cidade linda e, assim como Oslo, Copenhague e Helsinque, é uma cidade grande que não se parece com as outras que existem no mundo. É um lugar colorido e charmoso, que tem mais árvores do que o normal e quase nenhuma construção alta. As pessoas lá andam pouco de carro, usam mais a bicicleta e os transportes públicos.
— Sério? Parece ser um lugar interessante.
— Interessante?! Estocolmo é muito mais que isso! É uma cidade maravilhosa! Praticamente perfeita! Eu adoro as cores, a arquitetura antiga, o ar puro, as pessoas e as ruas de lá. Mesmo as pessoas que não nasceram em Estocolmo como eu devem se sentir em casa quando chegam lá. Já conheci várias cidades neste mundo, mas Estocolmo sempre será a minha favorita — disse Erik, feliz ao se lembrar de sua cidade.
— Em que área de Estocolmo você morava?
— Eu morava com meus avós maternos, Fredrik e Inger, e meu irmão mais novo, Johan, a poucas quadras da Catedral de São Nicolau, um dos meus lugares favoritos de lá.
— Avós? E seus pais?
Erik ficou quieto por um momento, depois deu um suspiro. Lembranças vieram a sua cabeça. Se controlou para não derramar uma lágrima. Charlotte percebeu isso e disse:
— Se você não quiser falar sobre isso, não precisa. Eu entendo.
— Está tudo bem. Eu te conto a história. Eu morei a minha vida inteira com a minha mãe, Brigitta, meu pai, Lars, e o Johan. Depois de 18 anos casado com a minha mãe, meu pai começou a chegar em casa bêbado ou drogado quase todos os dias, tinha alucinações e se tornava muito agressivo. Ele passou a fazer isso por conta de más companhias, principalmente, e porque ficou deprimido quando seu chefe o demitiu do emprego. Eu já não gostava nem um pouco do meu pai antes, e quando ele começou a fazer isso em casa passei a gostar dele menos ainda. Na época eu tinha 16 anos e o

Johan, 11. Minha mãe se cansou disso, se divorciou do meu pai e mudou de casa levando com ela meu irmão e eu. Insatisfeito com isso, meu pai um dia invadiu nossa casa e matou minha mãe. Fiquei furioso e cortei a garganta dele com um facão que peguei na cozinha. Jorrou sangue pra todos os lados. Não fui preso porque meu vô Fredrik subornou a polícia pra não me prenderem, afinal, eu havia feito o que ele sempre teve vontade de fazer, mas nunca teve coragem. Depois disso, meus avós nos levaram para morar com eles – contou Erik, com raiva ao se lembrar do que seu pai havia feito.

– Uau... Que história trágica e maluca. Estou sem palavras. Não sei o que dizer.

"Que horror! No final das contas, tanto o Erik quanto o pai dele agiram muito mal!", pensou Charlotte.

– Pois é. Sorte a minha que meus avós detestavam meu pai tanto quanto eu e tinham uma certa grana, senão eu teria me ferrado – disse Erik, rindo.

– Seu pai foi a primeira pessoa que você matou?

– Sim, foi. Quando matei meu pai me senti muito bem. Eu o detestava desde os meus 7 anos e fiquei furioso quando ele matou minha mãe.

– Por que você o detestava?

Erik respirou fundo e disse:

– Porque ele não nos tratava bem. Batia em mim e no Johan e era agressivo e frio, mesmo antes de passar a beber e consumir drogas. Não conversava conosco. Vivia isolado. Meu pai só começou a tratar mal minha mãe depois que virou alcoólatra e drogado, mas sempre foi mau comigo e com meu irmão. Não gosto de falar sobre ele.

– Então me fale sobre sua mãe. Ela era legal?

– Legal? Minha mãe era um amor de pessoa. Johan e eu a amávamos. Tenho certeza de que ela ia adorar te conhecer – disse Erik, com um sorriso.

– Por quê? – perguntou Charlotte, curiosa.

– Porque você é uma pessoa bondosa, honesta e correta. Consigo imaginar minha mãe me falando pra ser como você... – Charlotte ficou corada na hora.

– Entendi. Bem, mudando de assunto... Você disse que seu lugar favorito em Estocolmo era a Catedral de São Nicolau, certo? Você, seu irmão e seus avós iam lá com frequência?

– Meu avô e o Johan iam para assistir a missas porque eles eram católicos, mas eu e minha avó só íamos porque gostávamos de lá. Eu e ela sempre fomos ateus. Nós acreditávamos que, se Deus realmente existisse, o mundo seria tão perfeito quanto Ele, não teria tantas falhas. E também que, se Ele fosse real, atenderia a todas as preces de todas as pessoas, não apenas de algumas.

— Sim, mas não é bem assim que funciona. Não é tudo que está nas mãos de Deus. Os humanos têm livre-arbítrio, fazem suas escolhas. Além disso, quando Deus resolve levar uma pessoa embora, não há remédio que impeça isso de acontecer.

— Quando eu era vivo não pensava assim. Acreditava que estava sozinho no mundo. Que a vida não era eterna, que os humanos eram apenas organismos que um dia parariam de funcionar. Mas, enfim, cada um acredita no que bem entende, não é mesmo?

— É claro. As pessoas podem acreditar no que quiserem. Cada um com sua crença.

— E você? Teve um passado tão maluco quanto o meu? – perguntou Erik.

— Não. Meus pais eram um casal bastante feliz. Nossa família era unida e estável. A única pessoa que não se encaixava nela era Hillary, porque ela ia mal na escola e meus pais a pressionavam muito. Além disso, ninguém nunca ficava com ela na escola. Ela só tinha uma amiga, Bonnie Turner.

— Mas por que a Hillary se suicidou? O que aconteceu com ela de tão ruim?

— A Hillary não suportava o fato de os meus pais compararem ela comigo o tempo todo e sofria muito *bullying* na escola. Todos implicavam com ela. Ainda acho a história do suicídio dela mal contada, mas... tudo bem.

— Eu não culpo sua irmã por isso. Você é tão perfeita. Eu morreria de inveja de você e jamais conseguiria suportar ser comparado com você o tempo todo se fosse seu irmão. Mas não vamos falar da sua irmã. Me conte sobre você. Sua história... – pediu Erik.

— Não tenho muito pra contar. Eu estudei em uma boa escola, tive vários amigos, dois namorados, entrei na faculdade de Medicina, tive leucemia alguns anos depois que me formei e morri. Fim da história.

— Eu sei que você não tem só isso pra contar. Para um anjo, você tem muitos segredos... – comentou Erik, rindo.

— Eu não tenho nada a esconder. Pode perguntar o que quiser da minha desinteressante história de vida.

— Vou me lembrar disso – disse Erik, abrindo um tablete vermelho de chocolate com caramelo.

— É sério que você vai comer agora?

— Eu gosto de comer. Me deixa feliz. Principalmente comida grátis — afirmou Erik, piscando para Charlotte e sorrindo.
— "Comida grátis" quer dizer "comida roubada" no seu idioma, não é?
— Claro que não! "Comida grátis", no meu idioma, é *Fri mat* — brincou Erik.
— Engraçadinho... — disse Charlotte, rindo.
— Quer um pouco do chocolate roubado?
— Não, obrigada. Olha, Erik, eu preciso te contar uma coisa.

Erik terminou rapidamente de comer seu delicioso chocolate roubado e voltou sua atenção para Charlotte. Estava curioso para saber o que ela iria dizer.
— O que foi?
— Eu não sei o que faço com você. Estou na dúvida.
— *Vad*?[2] Como assim? — perguntou Erik, confuso.
— Você me irrita e me alegra ao mesmo tempo. É o tipo de homem que eu não sei se soco ou beijo.

Erik riu muito do comentário, mas depois ficou pensativo. Aquilo que Charlotte dissera era um elogio e uma crítica ao mesmo tempo. Como Erik não se importava com críticas, apenas pensou no elogio, que foi surpreendente. Ele ficou sem palavras. Depois de pensar um pouco, se aproximou de Charlotte, sorriu e disse:
— Eu prefiro a segunda opção.

Charlotte sorriu de volta.

Os dois tiraram seus colares, os deixaram em um canto da calçada e começaram a se aproximar. Charlotte colocou os braços em volta do pescoço de Erik e ele colocou as mãos no rosto dela. Os olhos dos dois brilhavam. Depois de se aproximarem bastante, eles fecharam os olhos e se beijaram. A sensação era a de que flutuavam nas nuvens. Ficaram tão felizes que a sensação que dava é de que nunca mais se largariam. Foi um beijo longo e intenso. Os dois estavam tão unidos que pareciam ser uma pessoa só. Charlotte e Erik queriam que aquele momento jamais acabasse. Queriam ficar juntos daquele jeito para sempre.

Depois do beijo, Erik e Charlotte coraram e se afastaram lentamente. Nenhum dos dois esperava que aquilo fosse acontecer nesse dia. Foi uma surpresa muito agradável para ambos, que aproveitaram cada instante daquele beijo. Foi um momento tão bom e romântico que Charlotte e Erik não sabiam o que dizer. Se fossem humanos vivos em vez de espíritos, seus

---

2   "O quê", em sueco.

batimentos cardíacos estariam a mil. Os dois estavam com um sorriso enorme no rosto.

— Meu Deus! Isso foi... incrível! — disse Charlotte, mais feliz do que nunca. Ela estava tão feliz que seus olhos ainda brilhavam. O mesmo estava acontecendo com Erik.

— *Det var fantastisk!*[3] Eu concordo! Nunca me senti tão bem! Adorei esse nosso momento! Foi maravilhoso!

— Bem, é melhor voltarmos logo pra São Francisco, senão nossos chefes vão suspeitar — disse Charlotte, preocupada.

— Você tem razão. Vamos lá — disse Erik, também preocupado.

Os dois colocaram seus colares de volta, sorriram um para o outro, deram as mãos e foram voando até São Francisco. A volta para São Francisco foi menos demorada do que a ida para Melbourne. Talvez isso tenha acontecido porque Erik e Charlotte estavam tão alegres naquele momento que nem perceberam o tempo passar. Aquela noite havia sido maravilhosa. Os dois estavam em êxtase. Parecia que iam explodir de tanta alegria.

— Amar alguém me assusta. Eu nunca gostei de ninguém como eu gosto de você — disse Erik.

— Não tenha medo de amar. Eu te amo, quebrador de regras — disse Charlotte, dando um beijo na bochecha de Erik.

— Eu também te amo, certinha — disse Erik.

Os dois então se abraçaram e foram cada um para sua casa pensando no belo momento que tiveram juntos. A alegria que eles estavam sentindo era enorme, infinita. Uma noite inesquecível.

---

3   "Foi incrível", em sueco.

21

O segredo de Lucy

No dia seguinte, Erik acordou feliz. Ele havia se divertido muito na noite anterior. Comeu panquecas americanas de chocolate, um *croissant* e tomou um copo de leite no café da manhã, jogou um pouco de *videogame* e então foi fazer musculação na academia. Ele não tinha prazer em fazer exercícios, mas estava determinado a deixar seu corpo em forma. Procurava esquecer seus problemas na academia e se concentrar nas músicas altas e agitadas que tocavam lá.

No mesmo instante, Liam apareceu e disse:

— Hoje eu não estou muito a fim de fazer musculação. Acho que vou para um bar. Quer vir comigo? — perguntou Liam.

— Não, Liam. Eu preciso fazer esses exercícios todos os dias. Beleza em primeiro lugar.

— Você é quem sabe. Se você mudar de ideia, estarei no Mahi Tiki Bar. Até mais, Erik! — disse Liam, dando um pequeno tapa nas costas de Erik.

Assim que Liam saiu, Erik começou a desaparecer. Ele estava sendo teletransportado para algum lugar.

Erik foi teletransportado da academia para o castelo de Lúcifer, o que o assustou muito. Ele não esperava por isso. Suas pernas ficaram trêmulas no momento em que pôs os pés lá. Queria fugir, mas sabia que isso não era possível. Lúcifer estava sentado em seu trono vermelho encarando Erik com seus intensos olhos vermelhos. Lucy estava em pé, do lado direito do trono. Lucy não parecia nem feliz nem triste, seu rosto estava impassível.

Ela parecia querer dizer algo, mas Erik não fazia ideia do que poderia ser. Naquele dia Lucy estava usando delineador preto, uma blusa ombro a ombro roxa, short jeans e sapatilha bege. Suas asas estavam completamente pretas, pois tinham sido pintadas recentemente. As mechas vermelhas do cabelo dela estavam tingidas com um vermelho mais forte do que antes.

— Bom dia, majestade — disse Erik, secando com as mãos o suor que escorria pela sua testa.

— Pode me explicar o que está acontecendo entre você e aquele anjo? — perguntou Lúcifer.

— Nada de mais — respondeu Erik, com a voz falhando.

— Jura? Porque essa mancha branca na sua asa diz exatamente o oposto! — disse Lúcifer, furioso.

— Majestade, eu...

— Cale a boca, Erik! Essa já é a terceira mancha que se forma na sua asa. Mais uma e eu o transformo em pó! — exclamou Lúcifer, furioso.

Erik ficou arrepiado e começou a suar ainda mais. Lucy baixou a cabeça, parecia bastante chateada. Erik sabia que ela era sentimental, mas estranhou ela ter ficado daquele jeito.

— Perdão. A Charlotte mexeu com a minha cabeça. Eu... me apaixonei por ela.

— Eu imaginei! Que decepção! Lucy, leve esse imbecil para a sala sete! Erik, se aquele anjo curar suas feridas de novo, eu dobro sua punição!

Lucy pegou Erik pelo braço e o levou até a sala sete, que era no segundo andar do castelo. Ao chegar lá, Lucy abriu a porta e disse, em tom baixo:

— Me encontre no Jardim dos Pecadores mais tarde. Preciso muito falar com você.

— Por quê? — perguntou Erik.

— Não posso te dizer agora. Depois conversamos.

— Tudo bem, então...

Lucy abriu espaço para Erik entrar na sala, fechou a porta e foi para seu quarto, de onde podia ouvir os gritos de Erik. Então, começou a chorar: Lucy detestava levar alguém para uma sala de punição. Sabia que todos que entravam lá ficavam duas horas e meia sendo torturados. Apoiava o perdão e a misericórdia, não pertencia ao inferno. Nunca pertenceu. Queria sumir de lá e ficar no céu com Arthur, para sempre, mas sabia que jamais poderia fazer isso.

Ao deixar a sala de punição, Erik voou para fora do castelo o mais rápido que pôde. Lucy o seguiu discretamente. Ele estava com queimaduras, cortes e arranhões por todo o corpo. Literalmente o usaram como um saco de pancadas. Talvez até pior que isso. Ao observar os ferimentos de Erik, Lucy quase caiu em prantos. Ela odiava ver alguém machucado. Para não ficar muito deprimida, Lucy desviou o olhar, mas continuou seguindo Erik, que voava lentamente porque suas asas estavam um pouco danificadas.

Após voar por um tempo, Erik pousou ao lado do Jardim dos Pecadores. Lucy pousou ao seu lado, mas ele não a viu, embora soubesse que ela apareceria lá. Ficou apenas encarando aquelas flores com tristeza. Erik estava com medo de amar Charlotte. Muito medo. Sabia que isso era perigoso para ele, mas não conseguia controlar seus sentimentos. Sentia que ela era perfeita para ele.

— O que foi? — perguntou Lucy.

Erik simplesmente se virou para ela e disse:

— Eu estou apaixonado por um anjo, Lucy! Você vê o tamanho da insanidade que é isso? Estou me sentindo um idiota!

— Não se sinta assim. O amor é um sentimento que nos faz ficar confusos e nos sentindo tolos. Quando verdadeiro, o amor leva as pessoas a fazer maluquices — afirmou Lucy.

— Mas eu sou um espírito! Um espírito do mal! Eu não deveria amar! Eu deveria detestar a Charlotte! — disse Erik, inconformado.

— *Nein*. Não tente entender o amor, Erik. Ele é incompreensível e capaz de fazer até os homens e espíritos mais cruéis do mundo enlouquecerem.

— Estou morrendo de medo de ser desintegrado pelo seu pai... — comentou Erik, trêmulo.

Perto deles uma criatura infernal podia ouvir toda a conversa. Nenhum dos dois percebeu a presença da criatura.

— Se acalme. Isso não vai acontecer. Não se você aceitar minha ajuda — afirmou Lucy.

— Como assim?

— *Kommen*.[1] Venha comigo. Vamos para um ponto mais distante desse jardim, assim ninguém nos ouvirá.

Lucy e Erik caminharam até onde ela queria.

— O que você pode fazer para me ajudar, Lucy?

— A Charlie pinta as minhas asas de preto toda semana para que ninguém descubra que tenho bondade no coração. Meu pai não sabe que

---

1 "Venha", em alemão.

isso acontece, mas, mesmo que soubesse, faria vista grossa. Ele com certeza preferiria que eu fingisse ser má do que me tornasse boa.

– Quem é Charlie? – perguntou Erik, franzindo a testa.

– É a Charlotte que você conhece. Charlie é o apelido dela. Você não sabia?

– Não. Ela nunca me disse isso.

– Que estranho. Imaginei que você soubesse o apelido dela a essa altura. Mas que seja. Agora você já sabe.

– Eu não sabia que a Charlotte fazia trabalhos escondidos para demônios...

– Não é bem um trabalho. Eu sempre ofereço dinheiro à Charlie e ela nega. Fazer coisas sem cobrar nada em troca é fazer um favor, não um trabalho.

– *Oavsett*.[2] Tanto faz. Me explique o que você vai fazer por mim. Estou curioso.

– Eu me encontrarei com você todos os dias aqui onde estamos e pintarei suas asas. Tenho muitas latas de tinta preta em casa. Elas ficam escondidas atrás de uma porta secreta debaixo do chão do meu quarto. A Charlotte me deu essas latas para usar em emergências, embora pintar as próprias asas sem fazer besteira seja um desafio para qualquer um.

– Entendi. Muito obrigado por fazer isso por mim, Lucy.

– De nada. Bem, preciso ir embora antes que meu pai comece a me procurar.

Erik a segurou pelo braço e disse:

– Espere! Quero saber o motivo de você estar fazendo isso por mim! O que fiz para merecer isso?

Lucy derramou algumas lágrimas ao ouvir isso. Lembranças ruins invadiram sua mente. Mas ela não tinha certeza se deveria revelá-las a Erik ou não.

– Eu detesto ver espíritos desintegrarem. É uma coisa muito triste. Quando isso acontece, a vida do espírito é apagada para sempre. Ele se torna apenas *espéctrions*, que são cinzas espectrais. Eu tenho como impedir sua desintegração, então farei isso. Darei meu melhor. Prometo isso a você, Erik.

– Muito obrigado – disse Erik, agradecido.

---

2   "Tanto faz", em sueco.

— Além disso, a Charlie é a minha melhor amiga e ela te ama. Eu jamais deixarei alguém que ela ama ter um destino como esse se puder impedir isso. Sei muito bem como é perder uma... pessoa amada. — Lucy não resistiu e caiu em prantos. Sua maquiagem borrou.

Erik limpou seu rosto com um lenço e disse:

— Calma! O que houve? — Lucy continuou chorando, tirou um pote lilás do bolso de seu short, o observou e depois o guardou.

— O que tem dentro desse pote? — perguntou Erik, curioso.

— Não é da sua conta — respondeu Lucy, já parando um pouco de chorar.

— Você está se arriscando por mim, me diga o motivo do seu choro para eu poder te ajudar. Me mostre o que tem nesse pote — pediu Erik, preocupado.

— Não tem como você me ajudar, mas te mostro o que tem dentro mesmo assim — disse Lucy, pegando o pote e abrindo-o.

Erik viu um pó branco e brilhante lá dentro. Parecia um espírito desintegrado. Erik ficou impressionado com o brilho forte daquele pó.

— O que é isso? — perguntou Erik, aproximando suas mãos do interior do pote.

Lucy o impediu:

— Não toque nisso! São *espéctrions* de alguém muito querido pra mim! Você é a primeira pessoa para quem mostro isso. Não faça com que eu me arrependa! Nem a Charlotte viu esse pote!

— Me desculpe. De quem são esses *espéctrions*? — perguntou Erik, ainda mais curioso.

Lucy guardou o pote no bolso e disse:

— Você promete guardar um segredo?

— Eu prometo.

— Eu namoro secretamente um anjo inglês chamado Arthur Wright há sete anos. Meu pai não sabe disso. Em nosso terceiro ano de namoro eu fiquei grávida dele acidentalmente.

Erik ficou surpreso com o que estava ouvindo. Não sabia o que dizer.

Lucy continuou:

— Como eu não tinha como esconder minha gravidez, contei sobre ela ao Arthur e ele se assustou, mas disse que me apoiaria e que assumiria o filho. Depois contei ao meu pai. Como o Arthur é um anjo, meu pai não poderia fazer nada contra ele, mas mesmo assim eu não quis expor o Arthur, então não disse que ele era o pai do meu filho.

— Como assim? O que você disse, então? — perguntou Erik, inconformado.

— Disse que um diabo me estuprou, assumiu forma humana e fugiu. Meu pai sabia que não poderia rastrear um espírito em forma humana e ficou furioso por isso. Depois que meu bebê nasceu, ele mandou os capangas dele... o desintegrarem — contou Lucy, controlando-se para não ter uma crise de choro novamente.

— Que horror!

— Ja. Pois é. Esses *espéctrions* que te mostrei são dele. Do meu bebê. Não tive a chance de segurá-lo no colo nem por cinco minutos... — disse Lucy, chorando um pouco e contendo-se para não explodir em lágrimas.

Erik ficou horrorizado com aquela história. Nunca imaginou que Lucy havia passado por algo daquele tipo. "Então o *tewaz* que desapareceu, de que Naomi falou, era o filho da Lucy!", pensou Erik.

— Sinto muito, Lucy. Agora entendo o motivo de você ter falado que sabe bem o que é perder alguém que amamos; afinal, você perdeu seu filho... Imagino a dor que você deve ter sentido quando viu o espectro dele sendo destruído.

— Eu não senti essa dor só no momento em que meu bebê foi desintegrado. Eu a sinto até hoje. A morte do meu filho ficará na minha memória para sempre. Uma mãe nunca se esquece de seu filho — afirmou Lucy, respirando fundo para se acalmar.

— Você deu um nome a ele?

— Sim. Se meu filho fosse vivo, o nome dele seria Julian. Eu e o Arthur escolhemos esse nome juntos.

— Entendi. O que aconteceu com você foi realmente muito triste. Sinto muito mesmo. Mais uma vez, muito obrigado por ter se oferecido para pintar minhas asas. Foi muita gentileza da sua parte. Quando posso te encontrar para que você possa pintá-las?

— Me encontre amanhã aqui às três horas. Se você não tiver nenhuma disputa de sopros, é claro.

— Se eu tiver uma disputa de sopros, te mandarei uma mensagem avisando que vou me atrasar.

— Combinado. É melhor eu voltar para minha casa agora. Até mais, Erik — disse Lucy, voando de volta para o enorme castelo onde morava.

Depois disso, Erik voou até uma das ruas do inferno e ficou passeando por lá pensando em Lucy e Julian, seu filho *tewaz* desintegrado. Não se conformava com o fato de ela guardar os *espéctrions* de seu bebê em um pote, pois isso por certo causava mais tristeza. Talvez Lucy tenha feito isso porque queria ter o filho ao seu lado para sempre, mesmo em forma de cinzas espectrais. Erik não contaria a ninguém aquela história, nem mesmo a Charlotte, para não magoar Lucy. A última coisa que Lucy precisava era que a triste história sobre seu filho fosse espalhada. Aquele era um assunto sensível para ela. Qualquer menção a ele a fazia cair em prantos. Erik queria muito descobrir um jeito de trazer o bebê de Lucy de volta, mas sabia que isso era impossível.

22

Encontro com as amigas e mais uma pessoa

No dia seguinte, Charlotte foi se encontrar com Paula, Ashia e Rachel em sua casa. Elas estavam na sala de estar, que tinha a parede pintada de bege, tapete marrom, sofá cinza e três estantes com vários livros. As quatro estavam tomando um café na sala de Charlotte. Em frente ao sofá estava uma mesa de centro preta com um vaso de flores dadas por Erik. Charlotte adorava olhar para elas.

– Que flores bonitas! São do Jardim das Boas Almas! – disse Ashia, impressionada. Charlotte engoliu em seco e disse:
– Não, Ashia. Elas não são de lá. São flores... transformadas.
– Como assim? – perguntou Ashia.
– Elas não são do Jardim das Boas Almas – respondeu Charlotte.
Paula respirou fundo e perguntou, com uma sobrancelha levantada:
– Essas flores foram dadas por aquele demônio, não foram?
– Sim... E ele tem um nome! – disse Charlotte, um pouco irritada.
Rachel ficou assustada:
– Então essas flores são do Jardim dos Pecadores! Meu Deus!
– É verdade! – comentou Ashia, também assustada.
Charlotte suspirou, bebeu um gole de seu café e disse:
– Pessoal, por que tanto espanto? São flores do inferno, mas foram dadas com carinho!
– Carinho e demônios não combinam, Charlie... – afirmou Rachel.

— Essa é a graça do nosso romance. Nada combina. Nada faz sentido. Ao mesmo tempo que somos completamente diferentes, temos muito em comum — disse Charlotte, sorrindo.

Ashia, Rachel e Paula refletiram um pouco. Rachel mexeu em seus cabelos.

— Bom... Você tem um pouco de razão. O que não tem sentido é mais legal. Nunca vi nenhum casal parecido com você e o Erik, Charlie — comentou Paula, rindo.

— Quando ele te deu essas flores? — perguntou Ashia.

— Há poucos dias. Eu as celestializei[1] para que elas pudessem entrar aqui no céu. Eu fiquei muito feliz quando ganhei essas flores... — disse Charlotte, sorrindo ao olhar para elas.

Ashia e Rachel acharam bonito o gesto de Erik. Paula também achou, mas não queria admitir porque era a amiga de Charlotte que menos aprovava o romance entre ela e Erik.

— Falando nisso, como estão as coisas entre você e o Erik? Andam passeando juntos por aí? — perguntou Rachel.

— Acho que nosso amor aumenta a cada segundo. Eu nunca tive tanta certeza de que amo uma pessoa como agora. O Erik se declarou pra mim no mesmo dia em que me deu essas flores — contou Charlotte, feliz.

— Que legal! O que ele te disse? Me conte! — perguntou Ashia, curiosa.

— Ele disse que me ama e que estava muito assustado porque nunca havia amado ninguém antes. Eu sorri e disse pra ele não ter medo de amar.

— Que fofo! — comentou Rachel, sorrindo.

— Além disso, nós quase nos beijamos, mas alguém interrompeu... — disse Charlotte, apontando para Paula. Rachel e Ashia riram muito ao ouvir o comentário.

— Você interrompeu o beijo de um casal, Paula? Fala sério! Não acredito! — comentou Ashia.

— Você sabe que só fiz isso por causa do alerta dos colares! — afirmou Paula.

Rachel, Ashia e Charlotte riram muito. Paula estranhou e franziu a testa.

— Qual é a graça?

---

1 "Celestializar" é transformar objetos infernais em celestiais para que eles possam entrar no céu e impedir o anjo de ganhar uma possível mancha na asa, dependendo do que for o objeto.

— É que o alerta dos colares é muito velho, Paula. Achei que Deus não usasse mais isso — disse Rachel, ainda rindo.

— É verdade. Deus usa esse alerta há muitos anos. Imaginei que Ele já não usasse mais... — comentou Ashia.

— Por que Ele não usaria mais? — perguntou Paula, tomando um gole de seu café.

— Porque é uma técnica de proteger anjos muito antiga. Deus também se moderniza de vez em quando — afirmou Charlotte.

— Ou não... — comentou Ashia, e todas riram novamente.

Charlotte estava pensando em Erik. Havia adorado o tempo que passaram juntos e desejava que mais momentos como aqueles acontecessem. Ela se sentia muito bem quando estava com Erik, mas suas amigas não conseguiam entender isso. Para elas, principalmente para Paula, os dois se amarem era insano. Ashia, Rachel, Paula e até mesmo Charlotte achavam que era impossível um anjo amar um demônio e vice-versa.

— Então você e o Erik não se beijaram ainda? Depois de todo esse tempo? — perguntou Rachel.

— Não faz tanto tempo assim que nos gostamos.

— É verdade. Mas vocês se beijaram ou não? — perguntou Rachel, curiosa.

Charlotte corou e riu. Não sabia se contava a verdade para suas amigas ou não. Estava um pouco confusa. Infelizmente a expressão de seu rosto já havia entregado a verdade.

— Meu Deus, Charlie! Você beijou um demônio! Não sei se fico impressionada, feliz ou com nojo... — comentou Ashia, rindo. Todas as outras riram também.

— Ele tinha mau hálito? — perguntou Rachel.

— Não. O hálito dele tem cheiro de chocolate — respondeu Charlotte.

— Como você se sentiu na hora do beijo? — perguntou Paula.

— Muito melhor do que eu pensava.

— Você acha que ele é mesmo sua alma gêmea, embora isso seja um pouco contraditório? — perguntou Rachel.

— Sim, Rach. Eu já tive dois namorados, mas eu não senti por eles o que sinto pelo Erik — afirmou Charlotte, suspirando.

— O que você sente por ele exatamente? — perguntou Paula.

— Eu sinto que quero ficar com ele pra sempre. Eu o amo. Adoro a companhia dele. Ele me faz rir e me sentir muito feliz — disse Charlotte, alegre ao pensar em Erik.

— É muito contraditório um anjo e um demônio apreciarem a companhia um do outro! — comentou Ashia, perplexa.

— Eu concordo, Ashi, mas não tente entender o amor... — disse Paula, rindo.

"Elas acham que eu e o Erik somos os primeiros anjos e demônios a se amarem. Mal sabem elas que o Arthur Wright namora a Lucy...", pensou Charlotte.

— Quando você vai nos apresentar o Erik, Charlie? — perguntou Rachel.

— Não sei — respondeu Charlotte.

— O Erik é americano? Holandês talvez? — perguntou Ashia.

— Ele é sueco. Nasceu em Estocolmo.

— Eu fui pra Suécia uma vez. É um país bonito, mas muito frio, não sei como os habitantes de lá não morreram congelados... — comentou Rachel, bebendo um gole de seu café.

— A Islândia é um país ainda mais frio que a Suécia e os islandeses não morreram congelados. As pessoas que moram nos países próximos aos polos norte e sul estão acostumadas com o frio intenso e usam roupas adequadas para resistir a ele — afirmou Paula.

— É verdade — disse Charlotte.

No mesmo instante, Paula, Rachel e Ashia começaram a desaparecer, pois estavam sendo teletransportadas para algum lugar. Provavelmente para o país de origem de seus protegidos, para poder disputar sopros.

— Acho que eu, a Ashi e a Rach teremos uma disputa de sopros agora. *Adiós!* Até mais, Charlie! — disse Paula.

— Até mais, gente!

Alguns segundos depois, Rachel, Paula e Ashia desapareceram completamente. Charlotte estava sozinha em sua casa. Terminou então seu café, comeu um sanduíche e foi voar.

Enquanto voava, Charlotte viu vários anjos, arcanjos e almas celestiais. Atravessou inúmeras nuvens como se elas nem estivessem ali. Rodopiou bastante, se lembrou do dia em que voou com Erik pelos céus e ficou alegre. Voar era uma das coisas que ela mais gostava de fazer.

Charlotte voou até a Golden Gate para dar um passeio. Assim que chegou, se deparou com uma alma celestial que lhe parecia muito familiar.

— Oi, Charlie — disse a alma celestial, sorrindo.

Depois de alguns segundos, Charlotte reconheceu a alma. Era Bonnie Turner, a única amiga de Hillary. A menina era um pouco menor que Hillary, tinha cabelos muito escuros e longos, olhos castanho-claros e pele levemente morena. Ela usava uma blusa azul de ombros caídos, bermuda preta e sapatilha bege. Charlotte não via aquela menina havia anos. Ela tinha certeza de que encontrar Bonnie não era uma coincidência. Sentiu isso quando olhou nos olhos da jovem garota.

– Oi, Bon. Faz muito tempo que não te vejo. Você morreu jovem.

– Sim. Eu morri com 13 anos e meio.

– Como você morreu?

– Eu e meus pais sofremos um acidente de carro quando estávamos na estrada. Eu e minha mãe morremos.

– Sinto muito... Bom, enfim, eu sei que você não me encontrou por acaso. O que você gostaria de me dizer?

– Por que você acha que eu não te encontrei por acaso? – perguntou Bonnie, rindo.

– Eu simplesmente senti isso.

– Você acertou. Vi você saindo de sua casa e comecei a te seguir porque queria falar com você.

"Essa menina não me vê há um bom tempo e agora quer falar comigo? Que estranho...", pensou Charlotte.

– O que você quer me falar?

– Eu vi você perto da Golden Gate falando com a Hilly há alguns dias. Você falava sobre seu romance com aquele demônio. Ela parecia bastante interessada...

– Aonde você quer chegar com isso, Bon? – Bonnie suspirou. Charlotte ficou um pouco tensa.

– Antes de falar sobre qualquer assunto, precisamos relembrar algumas coisas sobre o passado da Hilly para você entender aonde eu quero chegar. Você provavelmente não sabe de muitas das coisas que vou dizer sobre ela.

Charlotte não fazia a mínima ideia do motivo de Bonnie estar falando sobre Hillary naquele momento. "Eu não estou gostando dessa conversa, mas estou curiosa para ouvir o que a Bon tem a dizer", pensou.

– Pode falar – disse Charlotte.

– Desde que eu e a Hilly éramos crianças, ela sempre foi uma pessoa muito sádica. Ela adorava ver o pessoal da nossa classe se dar mal nas provas, fazer *bullying* com todo mundo e dificultar a vida de quem ela não gostava. O que a Hilly mais gostava de fazer era ferrar pessoas de quem ela tinha inveja.

— A Hilly ferrava os colegas? Achei que acontecia o contrário! — disse Charlotte, inconformada.

— As pessoas só começaram a fazer *bullying* com a Hilly quando perceberam que ela era mesmo muito maquiavélica e perigosa, ou seja, uma grande ameaça. — Charlotte ficou muito surpresa ao ouvir aquilo. Não esperava que Hillary fosse uma pessoa tão má.

— Como ela ferrava as pessoas?

— Bom, ela tinha vários jeitos de fazer isso. O que ela mais fazia era fofocar e mentir para os amigos das pessoas de que ela não gostava, fazendo com que elas ficassem sozinhas. Mas essa não era a pior estratégia que ela usava.

"Eu não sabia que a Hilly fazia esse tipo de coisa!", pensou Charlotte, perplexa.

— Qual era a pior estratégia que ela usava?

— A pior de todas era fazer amizade com a pessoa, ganhar a confiança dela e depois fazê-la chorar de algum modo. Revelando um segredo dela, por exemplo. A Hilly era tão boa nisso que conseguia escolher o momento certo para ferrar a pessoa. Ela chamava essa estratégia de *facada sutil*.

— Meu Deus! Por que ela fazia isso?!

— Por prazer. Como eu já disse, depois que as pessoas da escola começaram a perceber o tamanho da ameaça que a Hilly representava, passaram a fazer *bullying* com ela e chamaram seus irmãos mais velhos para ajudar a acabar com ela e seus esquemas maléficos. A Hilly ficou tão furiosa com o fim do seu reinado de maldades e com tanto medo de ser massacrada que se matou. Antes de cometer suicídio, a Hilly me contou que escolheria o ácido sulfúrico para fazer isso para mostrar que as pessoas que praticavam *bullying* com ela a haviam corroído por dentro, como um ácido.

"Meu Deus! Eu não sabia de nada disso!", pensou Charlotte, ainda mais surpresa.

— Se você estiver me dizendo que a Hilly pode contar pra alguém sobre meu romance com o Erik, não se preocupe, porque meio mundo já sabe — afirmou Charlotte, rindo.

— Eu sei, Charlie, mas tome cuidado, porque sua irmã é mais esperta do que você imagina. Ela tem muitos truques na manga e, como eu disse, ela sabe escolher o momento certo de ferrar alguém.

— Por que você está me contando tudo isso? Não estou entendendo...

— Estou te contando porque você precisava saber disso. A Hilly sempre teve muita inveja de você e, acredite em mim, não é nada bom ser uma vítima dos atos dela. Tome cuidado porque ela pode estar tramando alguma e te enganando com os papos dela de "sou sua amiga" e "pode confiar em mim". Eu me afastei dela depois de um tempo porque fiquei com medo de ser magoada por ela. A Hilly planeja cuidadosamente suas maldades.

Charlotte estava preocupada e confusa ao mesmo tempo. Ela não sabia se deveria levar em consideração o que Bonnie havia falado ou se simplesmente deveria ignorá-la completamente. Para Charlotte, Hillary sempre havia sido uma grande amiga. Ela não conseguia imaginar sua irmã traindo sua confiança.

– O que eu devo fazer? Deixar de ver a Hilly? – perguntou Charlotte.

– Apenas evite conversar demais com ela. Não conte a ela coisas desnecessárias.

– Por que você fez tanta questão de me contar essas coisas hoje?

– Eu queria te dizer essas coisas faz tempo, mas só hoje tive a oportunidade de fazer isso.

– Entendi... – disse Charlotte, ainda um pouco confusa.

– Bom, agora vou embora. Tome muito cuidado com a Hilly, ela é sádica e, se cisma com uma pessoa, faz de tudo para acabar com ela. Além disso, caso você não saiba, por pouco a Hillary não se tornou um demônio – disse Bonnie, retirando-se.

– Que horror! É sério isso? – perguntou Charlotte, assustada.

– Sim, é sério. Tome cuidado com ela, Charlie.

No mesmo instante, Bonnie voou bastante até desaparecer da vista de Charlotte, que estava com a mente mais bagunçada do que nunca. Ela não havia entendido o motivo de Bonnie ter feito tanta questão de contar aquilo. Não conseguia acreditar que sua irmã havia feito tantas maldades para seus colegas de escola. Aquilo parecia surreal, mas não era. Charlotte pensou e resolveu seguir o conselho de Bonnie para não correr riscos. Depois de passear mais um pouco pelo céu, Charlotte foi ler um livro em sua casa para esquecer das coisas horríveis que Bonnie dissera sobre Hillary. Ela nunca imaginou que sua irmã fosse tão má. Queria esquecer o que tinha ouvido, mas sabia que isso não era possível.

23

Estocolmo

No dia seguinte, durante a noite, Erik e Charlotte disputaram sopros mais uma vez. Charlotte havia ganhado e Erik estava irritado com isso. Além de ter perdido a disputa, Erik estava cheio de feridas por conta da punição que havia recebido. Charlotte sabia que infelizmente não poderia ajudá-lo, ou ele se machucaria mais ainda.

— Ele te puniu de novo, não é? — perguntou Charlotte, triste ao ver Erik naquele estado.

— Sim, só pra variar. Isso é tudo culpa sua...

Charlotte se assustou e disse:

— Como é que é? Minha culpa?

— É culpa sua. Você me fez gostar de você. Roubou meu coração. Me deixou maluco — disse Erik, rindo.

— Me desculpe, mas não vou devolver seu coração tão cedo e duvido que você devolva o meu — afirmou Charlotte, rindo ainda mais.

— Eu nunca pensei que fosse gostar tanto de alguém antes. Parece até que estou bêbado, tendo alucinações — disse Erik.

— Sim, mas você não está. Nem eu.

— Sabia que eu arrumei um jeito de não ganhar mais manchas na asa?

— Não! Me conte! — pediu Charlotte, feliz.

— A Lucy vai pintar minhas asas todos os dias no Jardim dos Pecadores às três horas. Ela disse que vai se esforçar ao máximo para impedir que eu seja desintegrado.

— Então vamos poder ficar juntos! Que ótimo! Estou muito feliz! – disse Charlotte, abraçando Erik.

— Eu amo você demais, Charlie. Pra ficar com você faço qualquer coisa. Eu amo você mais do que sorvete! Nunca amei alguém mais que sorvete antes!

Charlotte riu e disse:

— Você é mesmo muito engraçado... Aliás, o que você gostaria de fazer agora?

Erik pensou por um momento. Não fazia a mínima ideia do que queria fazer. Queria fazer um agrado a Charlotte, porém, não sabia como. Até que se lembrou de uma coisa:

— Já sei! Eu vou te levar pra conhecer Estocolmo! Você vai adorar. Tenho certeza!

— Gostei da ideia! Vamos!

Os dois saíram voando rumo a Estocolmo. Erik e Charlotte rodopiaram bastante pelo ar durante o caminho e ficaram de mãos dadas por um bom tempo. A viagem foi muito agradável. Por sorte, espíritos não sentiam frio, porque naquele dia estava nevando em Estocolmo. Erik e Charlotte viram muitas pessoas agasalhadas andando pelas ruas. Charlotte ficou maravilhada com Estocolmo. Adorou as várias construções pequenas e charmosas. Para ela, a cidade parecia um cenário de filme.

— O que está achando de sobrevoar minha cidade? Aposto que adorou! Eu estava certo, não estava? – perguntou Erik, sorrindo.

— Sim. Estou adorando. Essa cidade é incrível. Você realmente falou a verdade sobre Estocolmo – disse Charlotte, maravilhada.

Erik pegou na mão de Charlotte e disse:

— Venha comigo. Vou te levar até a rua da minha casa.

Charlotte seguiu Erik até a rua. Ao pousarem, viram um pouco de neve no chão. Charlotte adorava neve, então passou a mão levemente sobre ela. Erik riu e disse:

— Você nunca tinha visto neve antes?

— Sim, eu já vi. Eu gosto muito de tocar na neve. Senti-la se esvaindo pela minha mão. Uma vez viajei para a Suíça com meus pais. Esquiei com eles nos Alpes, montamos um boneco de neve e depois tomamos chocolate quente. Foi uma delícia... amei aquela viagem.

— Eu e meu irmão adorávamos jogar bolas de neve um no outro e fazer esculturas de gelo. Às vezes ficávamos horas correndo e brincando na neve. Era muito legal. Uma vez ficamos três horas seguidas fazendo isso e tivemos que ser arrastados pelo vô Fredrik pra dentro de casa. Me lembro até hoje dele nos puxando e dizendo: "Três horas na neve? Que absurdo, meninos! Não fiquem tanto tempo no frio, senão vocês pegam pneumonia!" – contou Erik, alegre ao se lembrar dos seus momentos divertidos com o irmão na neve.

Charlotte riu e disse:

– Ele só estava tentando proteger vocês, tenho certeza.

– Eu sei. O Johan e eu adorávamos o vô Fredrik, embora ele e a vó Inger fossem neuróticos demais às vezes. Aliás, quando você e seus pais viajaram para a Suíça, a Hillary estava junto?

Charlotte ficou triste por um momento. Detestava se lembrar da morte da irmã.

– Não. Ela já havia morrido – respondeu Charlotte, contendo-se para não derramar uma lágrima.

– Entendi. Vamos até minha casa?

– Sim. Me mostre o caminho.

Erik levou Charlotte até uma bonita casa vermelha com porta branca. Ao chegar, os dois atravessaram as paredes da casa e entraram na sala de estar, que tinha TV de tubo, sofá azul, mesa de centro bege com um enfeite de Murano verde em cima, tapete prateado, uma lareira e algumas revistas jogadas no chão. A parede da sala era marrom-clara, e nela se via pendurado um quadro que representava um jardim bonito e colorido. No fundo da sala havia uma escada marrom-escura, que dava acesso ao segundo andar da casa.

– Que sala bonita! – disse Charlotte, impressionada.

– Obrigado. Aqui é a casa dos meus avós. Eu e o Johan moramos boa parte da nossa vida aqui. Essa sala de estar é desse jeito desde antes dos meus pais morrerem. Essa casa nunca foi vendida.

– Entendi.

– Depois de fazer a lição de casa, eu ficava nesta sala jogado no sofá durante quase a tarde inteira lendo quadrinhos, assistindo TV e comendo salgadinhos.

– Como você não engordou?

– Eu não engordei porque eu ia pra academia todos os dias fazer uma hora de bicicleta ergométrica ou esteira desde os meus 13 anos. A partir dos meus 14 anos, além de fazer isso, eu também passei a fazer uma hora de musculação. Sempre adorei comer, mas eu tinha consciência de que precisava manter meu corpo em forma.

– Entendi. Faz sentido.

– Venha comigo. Quero te mostrar uma coisa – disse Erik, levando Charlotte pela mão até a cozinha.

Ao chegar lá, Charlotte viu dois pratos e talheres prateados em uma mesa preta. Havia também um guardanapo branco de pano ao lado de cada um dos pratos. A comida que estava dentro dos pratos tinha uma aparência deliciosa. Do lado esquerdo dos pratos estavam duas taças e uma garrafa de vinho branco e, do lado direito, um bonito castiçal de vidro. Havia seis cadeiras pretas ao redor da mesa, além de uma geladeira branca, um micro-ondas branco, um fogão branco e dois gabinetes marrom-claros. As paredes eram amarelas, o chão era de porcelanato bege e a pia, cinza. Um lustre arredondado pendia do teto com a luz apagada.

– Foi você quem fez esse jantar? – perguntou Charlotte, surpresa.

– Sim, fui eu mesmo. Não sou exatamente o melhor cozinheiro que existe, mas me esforcei. Espero que você goste – disse Erik, sorrindo e puxando a cadeira para Charlotte se sentar.

– Você preparou isso pra mim? Que legal! Adorei!

– Se você for comer o que eu fiz, recomendo que assuma a forma humana, porque, pelo que você me disse, anjos não comem nada além de comidas sem graça – afirmou Erik, sentando-se.

– Você tem razão – disse Charlotte, que em poucos segundos assumiu a forma humana.

– Vou assumir a forma humana também pra te acompanhar – decidiu Erik.

– Erik, preciso te falar uma coisa.

– Fale.

– Você é meu pecado favorito – disse Charlotte, segurando a mão de Erik, que ficou um pouco corado.

– Obrigado. Eu digo o mesmo – afirmou Erik, sorrindo.

– Me conte o que você cozinhou pra mim – pediu Charlotte.

– Bom, eu fiz risoto de funghi *porcini*, meu prato favorito desde os meus 12 anos. Eu o experimentei pela primeira vez no restaurante italiano da minha vó Inger. Você vai gostar bastante desse prato. É uma delícia.

– Sua avó era dona de um restaurante italiano? Que legal!

– Sim, ela era. Tinha um pote no restaurante da vó Inger onde os clientes deixavam gorjetas. Eu roubava o dinheiro do pote todo dia pra poder comprar mais quadrinhos e livros – contou Erik, rindo e colocando vinho nas duas taças.

– Que sacanagem! – comentou Charlotte.

Os dois tomaram um gole do vinho e começaram a comer. Charlotte gostou muito do risoto. Ela sentiu bastante o gosto dos cogumelos.

— O que achou, Charlie?

— Você superou minhas expectativas, Erik. Esse risoto está uma delícia. Parabéns! — disse Charlotte, impressionada.

— Que bom que gostou. Eu aprendi a fazê-lo com minha vó. O risoto dela era o melhor de todos...

Depois que os dois acabaram de comer o risoto, Erik tirou dois pratos com sobremesa da geladeira e os colocou na mesa: tratava-se de três bolinhos grandes com uma camada de chocolate imensa em cima.

— Que sobremesa é essa? — perguntou Charlotte.

— São profiteroles. Você nunca comeu um profiterole?

Charlotte fez que não com a cabeça.

— Se você não comeu, ainda não viveu. Profiterole é o melhor doce que existe. Normalmente, são recheados com *panna*, mas meu recheio favorito é *gianduia*, que é creme de avelã.

— Qual recheio você usou nesses?

— *Gianduia*.

Charlotte provou um pedaço e se encantou. O sabor era esplêndido. Erik cozinhava de fato muito bem.

— Meu Deus! Isso é muito bom!

— Eu sei. É bom mesmo — afirmou Erik, comendo um pedaço de um de seus profiteroles.

A sobremesa estava tão boa que os dois a comeram rapidamente. Charlotte limpou o chocolate que estava grudado em seus lábios, sorriu e disse:

— Erik, meus parabéns! Não se subestime, você é um ótimo cozinheiro! Adorei o jantar! À luz de velas, romântico, delicioso e muito bem preparado!

— Obrigado. Que bom que gostou. Quer um café?

— Sim, por favor.

Erik foi até uma cafeteira preta que estava próxima à pia, fez um café para Charlotte e se sentou. Charlotte tomou um gole de seu café, franziu a testa e disse:

— Você não vai tomar café?

— Não. Eu não gosto de café — disse Erik, bebendo um pouco mais de vinho.

Charlotte deu de ombros e continuou tomando seu café. Depois que terminou, ajudou Erik a tirar a mesa. Enquanto lavavam a louça, os dois jogaram água um no outro algumas vezes, rindo.

— Gostou do meu jantar romântico levemente esculachado? — perguntou Erik.

— Gostei bastante. Não foi esculachado.

— Foi, sim! Nós jantamos à luz de velas na cozinha da minha casa!

— Eu gostei do jantar. Se você ficou tão incomodado em jantar na cozinha da sua casa, por que não me levou para um restaurante?

— Primeiro, eu não estava nem um pouco a fim de pagar a conta; segundo, eu queria que você conhecesse minha casa; terceiro, eu queria ficar sozinho com você.

— Mas você gastou dinheiro pra comprar ingredientes frescos para o risoto e os profiteroles! Dependendo do empório onde você comprou, pagar pelos ingredientes dá no mesmo que pagar a conta de um restaurante.

— Quem disse que eu paguei pelos ingredientes? – perguntou Erik, rindo.

Charlotte não entendeu rapidamente o que Erik quis dizer, mas, quando entendeu, disse, desapontada:

— Você me serviu comida feita com ingredientes roubados? Fala sério, Erik!

— Você me conhece! O que você esperava que eu fizesse? – disse Erik, ainda rindo.

Charlotte não resistiu e riu também. "O Erik não tem jeito mesmo...", pensou.

— Tudo bem. Dessa vez eu deixo passar – disse Charlotte, dando um beijo na bochecha de Erik.

Erik e Charlotte terminaram de lavar a louça e lavaram as mãos. Ambos estavam felizes.

— Meu quarto é no andar de cima da casa. Quer conhecê-lo? – perguntou Erik.

— Claro.

— O que acha de passar a noite aqui comigo?

— Acho muito legal. Gostei da ideia – disse Charlotte, sorrindo.

— Vamos lá, então.

Os dois deram as mãos e subiram a escada marrom-escura até o segundo andar da casa, onde ficava o quarto de Erik. Entraram no quarto e fecharam a porta. Tanto Charlotte quanto Erik estavam muito felizes naquela noite, pois o jantar havia sido delicioso e eles adoravam ter a companhia um do outro.

24

A pior notícia de todas

Jillian havia acabado de acordar. Ainda de pijama, olhou as horas no seu relógio digital rosa, que ficava em cima do criado-mudo: eram nove horas, ela estava atrasada para a escola. Seus pais haviam esquecido de acordá-la, deviam estar dormindo. Ficou na dúvida se os chamava: ao mesmo tempo que não queria nem um pouco ir à escola, sabia que não ir a prejudicaria nos estudos; além disso, ficaria sem ver seus amigos. "Eu não quero ir à escola! Mas estou com muito medo de me dar mal...", pensou. Charlotte e Erik foram então teletransportados para a casa de Jillian para disputar sopros.

Erik e Charlotte sopraram no mesmo momento. A mensagem enviada no sopro de Charlotte foi: "Acorde seus pais. Vá para a escola, mesmo atrasada. Não perca as aulas e as lições. Você se prejudicará se isso acontecer". E a enviada no sopro de Erik foi: "Volte a dormir. Aproveite. Você não sabe quando terá a chance de faltar de novo. Divirta-se o dia todo". Jillian demorou um pouco para absorver o sopro dos dois. Charlotte começou então a sentir algumas dores, e ela sabia o que isso significava. Mesmo triste por ver Charlotte com dor, Erik comemorou sua vitória.

— Vou voltar a dormir... – disse Jillian, bocejando.

Porém, assim que deitou em sua cama novamente, Jillian ficou pensativa. Nem sequer fechou os olhos. Ficou olhando para o teto do quarto.

Erik começou a sentir dores, o que o assustou bastante. "O quê?! Isso não faz sentido! Eu ganhei!", pensou. Ao mesmo tempo, as dores de Charlotte começaram a desaparecer.

— Não! Eu não posso fazer isso! — afirmou Jillian, correndo para o quarto dos pais.

— Parece que o jogo virou... — disse Charlotte, rindo.

— Que legal! Meus parabéns! Quer um bolo? Espere... Anjos não podem comer bolo! Esquece o que eu falei! — disse Erik, ironicamente.

Charlotte não ficou irritada. Riu ainda mais e disse:

— Nem sempre ganhamos, Erik.

— Eu sei... É que eu sou um pouco competitivo.

— Eu sei disso.

Os dois deram as mãos e saíram da casa de Jillian. Voaram até a Golden Gate, a ponte onde Charlotte havia encontrado Hillary. Ao se lembrar de Hillary, Charlotte se arrepiou. Depois de sua conversa com Bonnie no céu, ficou com muito medo de que ela fizesse algo que pudesse prejudicar Erik... ou ela mesma.

— Quer comer alguma coisa? — perguntou Erik.

— Você só pensa em comer?

— Não. Eu também penso em você.

— Talvez minhas amigas sejam muito ignorantes pra ver algo de bom em você ou talvez eu seja muito boba por te amar...

— Eu acho que suas amigas são muito ignorantes pra ver algo de bom em mim. Você seria boba se não gostasse de mim, não o contrário — afirmou Erik, rindo.

— Adoro sua modéstia — disse Charlotte, ironicamente.

— E eu adoro seu sorriso — disse Erik, sorrindo. Charlotte sorriu de volta.

Os dois começaram a se aproximar com a intenção de se beijar, mas Erik foi teletransportado.

Charlotte estranhou e ficou com medo. Seu instinto angelical lhe dizia que havia algo errado. Preocupada, foi dar uma volta para não pensar no local para onde Erik teria sido teletransportado. Preferia esquecer que coisas ruins poderiam acontecer a ele, mas não resistiu e rezou por Erik mentalmente. Surpreendentemente, Deus disse em sua consciência: *Sinto muito, anjo. Não tem como eu proteger seu amado. Ele não está sob meu controle. Ele não se afeta com minhas ações. Não há nada que eu possa fazer para ajudá-lo.* Assustada, Charlotte pensou: "Deus sabe que Erik e eu estamos juntos...". Ela foi ingênua ao pensar que Deus não sabia do amor entre eles, pois Deus sabe de tudo. Sempre soube. Além disso, também se enganou ao pensar que Deus poderia ajudar Erik, pois a única coisa celestial que afetava criaturas infernais era água benta. Nada mais.

Poucos segundos depois, Erik finalmente chegou a um lugar, o último onde queria estar naquele momento. Era o castelo de Lúcifer. Ao seu lado, estava Lucy, com as mãos tremendo e as pernas bambas, de tão nervosa. Não demorou muito para Erik também começar a tremer. Se espíritos suassem por conta de estresse, ambos estariam encharcados.

Lúcifer encarava os dois com um olhar atroz. Se um olhar como aquele fosse capaz de desintegrar alguém, Erik e Lucy teriam se tornado *espéctrions* em segundos.

— Deixe-me sozinho com esses dois, meus servos — disse Lúcifer, em um tom alto.

Os servos se retiraram da sala principal do castelo. Lucy segurava a mão de Erik e a apertava com força. Ambos estavam amedrontados. Nunca haviam sentido tanto medo. Lúcifer fez um movimento com a mão esquerda e uma fumaça preta saiu das asas de Erik e Lucy. Depois que a fumaça saiu por completo, os dois olharam para suas asas e viram que elas estavam quase brancas por inteiro. "A fumaça preta era tinta! Ah, não...", pensou Erik. Lucy começou a chorar.

— Depois do que vocês fizeram, principalmente você, Lucy, não dá para eu apenas puni-los com chicoteadas ou facadas. Vocês cometeram um crime muito grave. O que estavam pensando? Que me enganariam para sempre? Mesmo que o amigo do Erik não tivesse falado nada, eu descobriria! Como vocês são burros! — exclamou Lúcifer, furioso.

— Que amigo, majestade? — perguntou Erik.

Lúcifer riu e disse:

— Pode entrar, garotinho!

Um demônio começou a descer a escada do castelo. Foi só quando ele se aproximou que Erik o reconheceu. Ficou boquiaberto, desejou jogar fogo nele até que se desintegrasse... Não compreendia o motivo da traição. Sem saber o que dizer, Erik simplesmente o encarou com um olhar furioso.

— Olá, Erik — disse Liam, com uma expressão tenebrosa.

Erik ameaçou bater em Liam, mas percebeu que fazer isso não o ajudaria em nada e desistiu.

— Li... Liam?! *Du jävel!*[1] Mas... o que é isso? O que você fez? — perguntou Erik, quase gritando. Raiva transbordava em Erik. Nunca havia se sentido tão traído.

Liam respirou fundo e disse:

---

1 "Seu bastardo", em sueco.

— Erik, eu não aguentava mais ouvir você falando daquele anjo idiota. Queria te jogar em um penhasco todas as vezes que você falava da Charlotte.

— Por quê? Só por ela ser um anjo? Como você é ridículo! Achei que você fosse meu melhor amigo, não um duas caras, desgraçado e salafrário! — Erik estava se segurando para não bater em Liam.

Lucy não dizia nada. Simplesmente olhava para o chão, triste e em silêncio. "Será que meu pai é capaz de me expulsar daqui e de me desintegrar? Será que não tem uma gota sequer de bondade no coração dele?", pensou.

— Você nunca percebeu nada de diferente em mim, Erik? Nunca percebeu como eu olho pra você? — perguntou Liam, derramando uma lágrima.

— Como é que é? O que você quer dizer com isso? — perguntou Erik, confuso.

"Eu acho que sei o que ele quis dizer com isso. O Erik vai ficar furioso quando descobrir o motivo de o Liam ter nos dedurado para meu pai", pensou Lucy.

— Eu sempre fui apaixonado por você, Erik, e você nunca sentiu nada por mim. Antes eu nem me importava com isso, porque você nunca amou ninguém na vida. Mas depois que você se apaixonou pela Charlotte... fiquei arrasado. Não me conformei em saber que você se apaixonou por um anjo sendo que eu, um demônio como você e seu melhor amigo, estava bem debaixo do seu nariz. Me decepcionei muito... — disse Liam, chorando.

Erik balançou a cabeça, inconformado. Não sabia se sentia dó de Liam ou o espancava. Liam havia agido de um jeito ridículo; era difícil para Erik segurar a vontade de agredi-lo. Lucy estava boquiaberta.

— Mas... você me disse que namorou uma garota! Uma tal de Liz O'Neil! — disse Erik.

— Ela foi minha primeira e única namorada. Eu não gostava tanto dela quanto disse. Na verdade, eu só a namorei para ter certeza de que não era heterossexual. Depois dela, só tive alguns namorados. Mas nenhum deles é como você...

— Primeiro, eu não sou homossexual, então não tem como eu me apaixonar por você; segundo, você está sendo idiota e um traíra imbecil! Se você gosta de mim tanto quanto diz, não deveria ter agido pelas minhas costas! — exclamou Erik, furioso.

— Me desculpe, mas eu não suportei ver você e a Lucy quebrando as regras daquela maneira no Jardim dos Pecadores e não aguentava mais ouvir você falando da Charlotte. Contratei uma alma infernal para espionar vocês e comecei a anotar todas as informações que ela me passou. Você tem noção do quanto é doloroso ter um amor não correspondido e ver seu amado com outro ou outra? – perguntou Liam, em tom alto, tentando conter o choro.

Erik riu e disse:

– Bom, isso nunca aconteceu comigo, então não sei como é a sensação, mas de uma coisa eu sei: você é ridículo! Um ciumento imbecil! Como você pôde fazer isso comigo por causa de ciúme? – Com raiva, Erik agarrou Liam pela camisa.

Lucy fechou os olhos para não ver o que Erik ia fazer com Liam.

– Eu simplesmente não aguentava mais. Tive que me aliar a alguém e acabar com seu namoro secreto. Uma tal de Bonnie Turner, uma das almas infernais, me ajudou. Saber que você ama outra pessoa é agonizante para mim. Queria ver você desintegrado no momento em que se apaixonou por Charlotte – disse Liam, enfurecido.

Vermelho de ódio, Erik deu um soco forte no rosto de Liam e outro na barriga. Liam caiu no chão, mas não sentiu dor.

– Eu não quero ouvir sua voz! Nem olhar pra você! – gritou Erik.

– Erik, eu... – Antes de terminar de falar, Liam recebeu um chute no estômago e um novo soco no rosto.

– Você é surdo, idiota? Eu disse que não quero ouvir sua voz! – gritou Erik, ainda mais furioso.

Liam levantou do chão com dificuldade e se afastou de Erik e Lucy. Embora a dor não fosse espiritual, de modo que a agressão não o afetava, ele não queria levar novos socos. Erik sabia que Liam não havia sentido dor, mas pelo menos liberou sua raiva. Erik não parava de encará-lo, e Lucy permanecia cabisbaixa.

– Chega dessa novela! Não tenho tempo pra isso! – exclamou Lúcifer, com raiva.

– Perdão, majestade – disseram Erik e Liam ao mesmo tempo.

– Bom, hora de dizer qual será a punição de vocês. Erik e Lucy, vocês estão oficialmente expulsos do inferno e serão desintegrados pelo meu fogo em poucos minutos. Parabéns, vocês ganharam o prêmio de dupla mais burra do ano! Por que você se apaixonou por aquele anjo, Erik? Por que ajudou esse idiota a se esconder de mim, Lucy? Estou decepcionado com os dois, mas principalmente com você, Lucy... Não esperava isso de você. – Lúcifer falava em tom alto, furioso e triste ao mesmo tempo.

– Pai, você sabe que eu tenho um bom coração. Eu não gosto de maldades e crueldades. Não queria ver o Erik ser desintegrado e por isso o ajudei a esconder as manchas brancas. Eu detesto ver espíritos serem desintegrados, é horrível... – disse Lucy, chorando um pouco.

– Para piorar a punição de vocês, não desintegrarei vocês dois aqui. Eu os enviarei para o mundo dos humanos para que vocês se desintegrem na frente de seus amados de coração mole. Imagino que você esteja surpresa, Lucy, mas eu sempre soube que você namorou aquele anjo inglês.

– Eu sou sua filha! Você vai mesmo me desintegrar? Vai me fazer ter certeza do que eu sempre achei? – perguntou Lucy, muito triste.

– O que você sempre achou?

– Sempre achei que você não me amava de verdade. Nunca pensei que você aceitasse o fato de eu ser diferente de você. Mas, mesmo assim, eu te amo, pai, independentemente das nossas diferenças e mesmo que você tenha me decepcionado várias vezes. Nunca se esqueça disso – disse Lucy, chorando novamente.

Lúcifer ficou quieto por um momento. Se segurou para não derramar uma lágrima. "Eu também te amo, filha. Você não imagina o quanto. Mas você nunca vai entender isso...", pensou.

– Fico feliz com isso, mas regras são regras. Sinto muito. Vou enviá-los para o mundo dos humanos agora. Até nunca mais! – disse Lúcifer, forçando uma risada.

"Eu não acredito que Lúcifer vai desintegrar a própria filha... Ele é mesmo capaz disso? Não é possível!", pensou Erik. No mesmo instante, Erik e Lucy foram teletransportados para a Golden Gate.

Liam foi embora do castelo de Lúcifer com algumas recompensas.

Lúcifer foi para um canto mais reservado da sala do trono, sentou no chão, olhou em volta e começou a chorar desesperadamente. Lúcifer, a criatura mais cruel e fria do Universo, chorou pela primeira vez. Ele chorou porque não queria desintegrar sua filha. Lúcifer só ia desintegrar Lucy porque tinha uma reputação a zelar, mas nunca desejou fazer isso. Por mais sangue frio que fosse, ele amava sua filha. Estava tão envergonhado por ter escolhido sacrificá-la em vez de perdoá-la que não conseguia sequer se olhar no espelho e não queria falar com ninguém.

25

Adeus?

Ao chegarem na Golden Gate, Lucy e Erik viram Charlotte e Arthur. Lucy ficou feliz ao ver Arthur lá; ela o amava muito. Erik foi ao encontro de Charlotte e a abraçou. Arthur fez o mesmo com Lucy.

— O que aconteceu, Erik? Eu senti que você estava em perigo e fiquei preocupada! — disse Charlotte, aliviada ao ver Erik.

— Charlie, eu... não poderei mais te ver — disse Erik, segurando-se para não chorar.

Estava tão nervoso que mal sentia as pernas. Charlotte entrou em desespero e disse, quase gritando:

— O que você quer dizer com isso?! Como assim?!

— Eu também não poderei te ver mais, Arthur... — disse Lucy, muito triste.

— Como assim?! O que está acontecendo? — perguntou Arthur, confuso e desesperado ao mesmo tempo.

Lucy e Erik se olharam. Não sabiam por onde começar. Seria extremamente doloroso dizer aos seus amados que nunca mais seriam capazes de vê-los porque virariam *espéctrions* para sempre.

— Por que vocês estão calados? Falem alguma coisa! Fale alguma coisa, Erik, pelo amor de Deus! Você está me deixando nervosa! — pediu Charlotte, ainda mais desesperada.

— Lucy, o que está acontecendo? O que você está me escondendo? — perguntou Arthur, tão nervoso quanto Charlotte.

Lucy se virou para Erik e disse, soluçando de tanto chorar:

— Fale você o que vai acontecer conosco. Não sou forte o suficiente para isso...

Erik então respirou fundo, se segurou para não chorar e disse:

— Lúcifer descobriu pelo meu amigo Liam, ou melhor, ex-amigo, que a Lucy estava pintando minhas asas de preto para me livrar das manchas brancas que apareceram nas minhas asas porque me apaixonei pela Charlotte. Como cometemos um crime muito grave, a punição dada a mim e a Lucy foi nossa expulsão do inferno. Além disso, fomos condenados a ser desintegrados na frente de vocês em... poucos minutos.

Charlotte e Arthur ficaram horrorizados com o que Erik disse. Perceberam que nunca mais veriam seus amados novamente. Lucy e Erik se tornariam *espéctrions* e eles não poderiam fazer nada. Charlotte chorava desesperadamente. Arthur também chorava.

— Erik, eu disse pra você se afastar de mim! Disse pra me esquecer! De que valeu nós ficarmos juntos se você vai ser desintegrado por isso? Eu nunca mais poderei te ver... Daqui a alguns minutos você não existirá mais — disse Charlotte.

— Charlie, eu te amo muito! — disse Erik, fazendo carinho no rosto de Charlotte, que esboçou um sorriso entre as lágrimas.

— Lucy, por que você se arriscou para ajudar o Erik?! O que você tem na cabeça?! — perguntou Arthur.

— Arthur, não é hora de me dar sermão. Eu fiz isso porque prefiro ser desintegrada por lutar pelo bem dos meus amigos e pelo amor a ser desprezada e ver os outros sofrendo. Agora precisamos nos despedir. Tenho apenas um pedido a fazer. — Lucy segurava as mãos de Arthur.

— *Anything*.[1] O que você quiser — afirmou Arthur, derramando uma lágrima.

Lucy tirou o pote com os *espéctrions* de Julian de seu bolso e disse:

— Depois que eu me desintegrar por completo, coloque meus *espéctrions* junto com os do nosso Julian. Quero ficar com ele para sempre, mesmo desintegrada.

Arthur pegou o pote com as mãos trêmulas. Ao ver os *espéctrions* de seu filho, disse:

— Farei isso. Eu prometo.

Arthur abraçou Lucy, soluçando de tanto chorar. Lucy fazia o mesmo. Ambos se afastaram um pouco de Charlotte e Erik.

---

1 "Qualquer coisa", em inglês.

— Me desculpe por ter sido grossa, Erik, mas eu não queria ter que passar por isso... — disse Charlotte, que mal conseguia falar, de tanto que chorava.

— Eu te perdoo. Só te peço uma coisa: fique ao meu lado até que eu seja completamente desintegrado. Quero que a última coisa que eu veja neste mundo seja seu rosto — afirmou Erik, derramando uma lágrima.

— Tudo bem. Eu farei o que você me pediu. Saiba que eu te amo muito — disse Charlotte, respirando fundo para se acalmar.

— Eu te amo também, Charlie. Se eu pudesse, eu me casava com você — disse Erik, sorrindo.

— Se eu pudesse, eu pediria para alguém me desintegrar e colocar seus *espéctrions* junto com os meus — disse Charlotte, fazendo carinho no rosto de Erik e chorando novamente.

Os quatro então pararam de falar e começaram a esperar o tempo passar. Dois minutos e meio pareciam uma eternidade.

Charlotte e Arthur estavam em prantos, enquanto Lucy e Erik absorviam a ideia de que deixariam definitivamente o mundo. Estavam todos tão concentrados na situação horrível em que se encontravam que sequer ouviam os barulhos da cidade. Tudo de repente ficou mais silencioso e macabro. Parecia que o fim de Erik e Lucy se aproximava a cada segundo.

Depois de alguns minutos, um fogo laranja e verde vivo envolveu os pés de Erik e Lucy e começou a transformá-los em *espéctrions* aos poucos. Os pés e as panturrilhas foram as primeiras partes do corpo de Erik e Lucy que desintegraram. O processo era lento e doloroso. Os dois gritavam de dor, mas Erik gritava mais. Charlotte segurava sua mão com força.

"Como vou sentir falta do Erik... Meu Deus! Eu nunca amei tanto alguém! Será possível que ele sumirá para sempre? O que fiz para merecer isso?", pensou Charlotte, muito triste.

Em certo momento, Charlotte notou as numerosas manchas brancas que envolviam as asas de Erik. Isso a fez chorar mais ainda, pois ele só tinha aquelas manchas porque a amava de verdade.

— Obrigado por ficar ao meu lado enquanto viro churrasco. Me desculpe fazer você passar por isso. Se quiser, pode colocar um molho *barbecue* em mim — disse Erik, rindo.

— Pare de falar besteiras! — pediu Charlotte, chorando muito.

Então, Charlotte teve uma ideia. Não tinha certeza se ela funcionaria realmente, mas sabia que valeria a pena tentar. Ela faria qualquer coisa para salvar Erik.

— Erik, olhe pra mim e pense em todos os nossos momentos juntos. Lembre-se do que você sente por mim e saiba que sinto o mesmo por você — disse Charlotte, que se aproximou de Erik e o beijou.

Logo depois, Charlotte voltou a segurar fortemente a mão de Erik e notou que a mancha branca nas asas dele começou a crescer mais, o que a fez sorrir. Disse, com lágrimas nos olhos:

— Continue pensando nos nossos momentos. Pense nos dias que passamos juntos, que jamais esqueceremos. Sempre se lembre de que estou do seu lado, que você é meu amado.

Com quase metade de seu corpo de espectro desintegrado, Erik disse:

— Você é meu pecado favorito...

A mancha branca cresceu ainda mais. Charlotte ficou ainda mais feliz. Após poucos segundos, a mancha envolveu as duas asas inteiras de Erik. Um brilho que crescia continuamente envolveu seu corpo e liberou um clarão de luz amarela. Erik levitou, ganhou uma auréola, suas roupas escuras foram substituídas por roupas brancas e ele retornou ao chão. De repente, ele parou de ser desintegrado. Erik já não estava mais sob o domínio de Lúcifer. Ele olhou para si mesmo e franziu a testa, assustado. Charlotte liberou fumaça prateada com as mãos e uniu todos os pedaços do corpo de Erik, reconstruindo-o. No mesmo instante, aconteceu com Lucy o mesmo que aconteceu com Erik. Charlotte também reconstruiu o corpo de Lucy.

— Lucy, meu amor! Você foi reconstruída e se tornou... um anjo! Você vai poder ficar comigo pra sempre agora! — disse Arthur, muito feliz. Lucy também estava muito feliz.

— Eu finalmente assumi minha verdadeira identidade! Agora posso ser quem eu realmente sou! Estou livre do inferno! Estou livre da maldade! — disse Lucy, vibrante.

— Estou muito feliz por você estar bem. Achei por um momento que fosse te perder... — disse Arthur, aliviado.

Lucy foi até Charlotte, a abraçou e disse:

— *Danke*,[2] Charlie. Sem você eu teria sido desintegrada e jamais teria me tornado um anjo. Obrigada por ter me salvado e me ajudado a me tornar quem eu realmente sou.

— Não precisa me agradecer. Aliás, de quem são esses *espéctrions*? — disse Charlotte, olhando para o pote cheio de *espéctrions* que estava no bolso de Lucy. Ela respirou fundo e disse:

---

2   "Obrigada", em alemão.

— São do meu filho. Você pode trazê-lo de volta?

— Por que você não me mostrou isso antes, Lucy? É claro que posso! — afirmou Charlotte, que abriu o pote, colocou os *espéctrions* no chão e os juntou, formando o corpo de um bebê de asas cinza, olhos cor-de-rosa e corpo espectral recém-nascido. Lucy e Arthur choraram de emoção ao verem seu filho.

— Muito obrigado — disse Arthur, feliz. Charlotte sorriu.

— Que porcaria é essa? O que você fez comigo, Charlotte? Eu pareço um idiota com essas roupas! — disse Erik.

Charlotte riu muito, abraçou Erik e disse, chorando de emoção:

— Eu te transformei em anjo e te reconstruí, Erik! Eu consegui fazer isso! Consegui te salvar! Estou muito feliz!

— Muito obrigado por ter me salvado, mas não precisava ter trocado minhas roupas por esses... trapos santificados — disse Erik, torcendo o nariz ao olhar para suas roupas.

— Pare de reclamar! O que importa é que você está bem e nas mãos de Deus! — disse Charlotte, beijando Erik.

— Caso você não saiba, ficar nas mãos de Deus não é uma boa pra mim — disse Erik.

— Você prefere voltar para Lúcifer? — perguntou Charlotte.

— Não, obrigado — disse Erik, com as pernas bambas ao lembrar que quase havia sido desintegrado.

— Que bom. Fico muito feliz com isso.

— Muito obrigado por ter me salvado. Você é incrível — disse Erik, abraçando Charlotte, que sorriu e disse:

— Não precisa me agradecer.

Nesse momento, Charlotte, Erik, Lucy, Julian e Arthur foram teletransportados para a sala de Deus. A sala tinha paredes azul-claras e o teto azul-escuro cheio de estrelas. Deus estava sentado em uma cadeira simples de madeira, usava uma túnica verde-clara e sandálias marrons. Os quatro não faziam ideia do assunto que Deus gostaria de tratar com eles, o que os deixou um pouco tensos. Deus os olhou com serenidade. Não demonstrou raiva nenhuma. Erik ficou assustado, pois nunca imaginou que Deus o olharia daquela maneira.

26

Uma conversa com Deus

Deus parecia um pouco indeciso sobre o que diria, mas não havia teletransportado Charlotte, Arthur e seus dois novos anjos à toa. Talvez Ele estivesse apenas em dúvida sobre como falaria o que desejava. Charlotte, Lucy e Arthur estavam ansiosos para ouvir as palavras de Deus, mas Erik não, pois receava ouvir algo de que não gostasse.

"Além de estar vestido com essas roupas brancas esquisitas, ainda tem um círculo brilhante flutuando em cima da minha cabeça que faz meus olhos arderem!", pensou Erik.

– Olá, meus anjos. Estava ansioso para vê-los. Notei que dois de vocês são novos por aqui. Bem-vindos ao céu, anjos novatos! Como vocês já devem ter notado, eu sou Deus, prazer em conhecê-los – disse Deus.

– Prazer em conhecê-lo também... Aliás, antes de qualquer coisa, eu gostaria de te fazer uma pergunta – disse Erik.

– Pode falar, Erik – disse Deus.

– Como você sabe meu nome?! – perguntou Erik, olhando para os lados. Charlotte riu e disse:

– Deus sabe o nome de todos os vivos e mortos do mundo, Erik.

– A Charlotte tem razão. Eu sei mesmo.

– Tudo bem... Enfim, vou te fazer a pergunta: você não costuma mutilar ou desintegrar os espíritos que não seguem suas regras, certo? – perguntou Erik.

Deus riu e disse:

— Claro que não. Quem faz isso é seu ex-chefe. Mas não é porque eu não sou violento e sanguinário como ele que permito a uma criatura celestial fazer o que quiser. Se um espírito "ganhar" mais de três manchas pretas nas asas, eu o expulso do céu – disse Deus.

"Entendi... Ele é bonzinho, mas não é nada bobo. Por isso é Deus", pensou Erik.

— Certo. Mais uma pergunta: como você consegue sorrir pra mim e não me olhar com ódio? Afinal, eu sou um demônio!

Deus sorriu e disse:

— Erik, eu não sinto ódio de ninguém, nem mesmo de Lúcifer e das criaturas infernais. Sentir ódio não leva a nada. E, caso você não tenha percebido, você agora é um anjo, não é mais um demônio.

— Então, sobre isso... Me desculpe, Deus, mas eu acho que não vou conseguir ser um anjo. Por mais que eu ame a Charlotte, as criaturas celestiais não têm nada a ver com minha personalidade, e sinto que mais cedo ou mais tarde o senhor vai me expulsar do céu – disse Erik, rindo.

"Bem que eu queria discordar do que o Erik disse, mas não posso", pensou Charlotte.

— Por que você acha isso? – perguntou Deus.

— Porque eu sou um vândalo. Um guloso. Um assassino. Um maluco. Por isso eu acho que serei expulso muito em breve. Não existe um outro jeito de eu não ficar nas mãos de Lúcifer sem ser ficar nas Suas mãos, Deus? Ao mesmo tempo que não quero e não posso ser anjo, não gostaria nem um pouco de voltar ao inferno... Não é nada pessoal, não se ofenda, por favor – disse Erik.

Deus ficou pensativo por um momento. Não sabia bem o que dizer. Assim como Charlotte, Deus queria discordar do que Erik disse, mas não conseguia porque sabia que Erik seria um espírito ruim para sempre; afinal, essa era a natureza dele e isso obviamente não mudaria. Depois de refletir bastante, Deus teve uma ideia.

— Já sei! Eu posso te transformar em uma *almae davey*! Assim você não ficará nas mãos de ninguém e ficará preso entre o céu e o inferno, o que não é nada ruim pra você.

— Boa ideia. Eu topo. Pode me transformar agora mesmo – disse Erik, feliz.

— Senhor, se você transformar o Erik em uma *almae davey*, eu também quero me tornar uma. Eu o amo e quero ficar com ele para sempre. Não posso viver em um mundo espiritual separado do dele... – disse Charlotte, preocupada.

— Sem problemas. Mas quero que você faça o Erik refletir antes de tomar uma decisão. Me digam a decisão de vocês dois amanhã. Até lá, o Erik ficará ao lado da sua casa, no lado oeste do céu – pediu Deus.

— Tudo bem – disse Erik.

— Bom, eu já disse o que queria pra você, Erik. Pode sair. Passeie um pouco pelo céu agora, veja o que você acha. Visite sua nova casa – disse Deus.

Erik concordou com a cabeça e virou as costas para ir embora. Charlotte fez o mesmo, mas Deus colocou um escudo impermeável na frente dela e disse:

— Eu ainda tenho que conversar com você sobre algumas coisas, Charlotte. Espere mais um pouco, por favor.

— Me desculpe – disse Charlotte, virando-se para Deus.

— Não precisa se desculpar, anjo – disse Deus, sorrindo, enquanto desviava o olhar para Lucy, que segurava Julian em seu colo, e Arthur.

Ele parecia muito feliz em ver Lucy alegre no céu com Arthur e Julian, pois sabia que ela tinha uma vida difícil e depressiva no inferno.

— Lucy, estou feliz pelo fato de você ter se livrado de morar naquele lugar cruel e repulsivo. Seja bem-vinda ao céu. Não precisa mais ficar com medo. Você está segura comigo agora. Seu pai nunca mais irá atormentá-la.

— Obrigada, Deus. Também estou feliz por estar com você. O Senhor me deixa muito mais calma com a Sua presença. Mas eu não quero sujar a reputação do meu pai. Então o Senhor pode, por favor, arrumar um jeito de ninguém saber que sou filha dele? – perguntou Lucy.

Deus pensou e disse:

— Tem um jeito, sim. Eu posso lançar um brilho amnésico em todo o céu e o inferno, lançar uma mensagem para todas as criaturas dizendo que você está desaparecida e trocar seu nome.

— Entendi. Eu quero fazer isso então. Mas... lançar brilho amnésico não é um poder exclusivo dos demônios? – perguntou Lucy.

— Eu tenho poderes tanto do bem quanto do mal, só que eu apenas uso os meus poderes do bem. Aliás, eu tenho poderes para fazer o que eu quiser. Só lançarei o brilho amnésico porque é um poder do mal que não machuca ninguém – disse Deus.

— *Wait a minute!*[1] Eu namoro a Lucy e também vou esquecer quem ela é de verdade? Isso não pode acontecer! – disse Arthur.

---

1   "Espere um minuto", em inglês.

— Acalme-se, Arthur. Me certificarei de que você e a Lucy serão os únicos que se lembrarão disso. Mas você precisa fazer uma coisa: chamar a Lucy pelo novo nome dela, que ela escolherá – disse Deus.

Arthur concordou com a cabeça.

— Qual será seu novo nome, Lucy? – perguntou Deus.

— Magda, o nome que minha mãe me deu quando nasci – respondeu Lucy.

— Como assim, quando você nasceu? – perguntou Charlotte.

— Antes de ser assassinada, eu me chamava Magda Schaller. Depois que morri, meu pai mudou meu nome para Lucy, porque ele queria que meu nome fosse parecido com o dele – contou Lucy.

"Lucy e Lúcifer são mesmo nomes parecidos...", pensou Charlotte.

— Você nunca me contou isso... – disse Charlotte, um pouco triste.

— Me desculpe se me esqueci de te contar. Só o Arthur sabia disso até agora. Prefiro não espalhar esse tipo de coisa – afirmou Lucy.

— Se você tiver mesmo certeza de que quer se chamar Magda, lançarei o brilho amnésico em breve. Não acho que você precise mudar de sobrenome, porque, afinal, muitos alemães têm o sobrenome Schaller.

— Entendi. Tudo bem, eu não quero mudar meu sobrenome mesmo. Meu nome será Magda Schaller. Tenho certeza. Pode lançar o brilho amnésico – disse Lucy, sorrindo.

Deus sorriu de volta e disse:

— Tudo bem. Seu pedido será atendido. Seja bem-vinda ao mundo, Magda Schaller.

No mesmo instante, Deus criou um escudo impermeável em volta de Lucy e Arthur e lançou toneladas de brilho amnésico. Após alguns segundos, o brilho foi absorvido pelas criaturas, e Deus destruiu os escudos impermeáveis.

— Podem sair, Arthur e Magda. Já disse a vocês o que eu queria – disse Deus, sorrindo.

Os dois saíram e Charlotte ficou sozinha na sala com Deus, o que a deixou um pouco apreensiva, porque ela não imaginava o que Ele lhe diria.

— O que você gostaria de me dizer, Deus? – perguntou.

— Primeiro gostaria de te revelar algo sobre o romance entre você e o Erik – respondeu Deus.

— Pode falar... – disse Charlotte, um pouco confusa.

— Quando vocês dois morreram, o Erik foi enviado para o reino errado. Ele deveria ter sido enviado para o inferno, mas foi enviado para o céu. Em vez de surgirem asas feitas de penas de cisne negro, surgiram nele asas feitas de penas de cisne branco, ou seja, asas de anjo e também auréola – contou Deus.

Charlotte se espantou.

– Como... Como isso aconteceu?

– Não sei. Nem eu mesmo sou capaz de explicar. De vez em quando isso acaba acontecendo. Ainda bem que logo identifiquei que ele era um espírito ruim e que não pertencia ao céu. Além disso, examinei o espírito dele e percebi que ele tinha uma ligação com o seu, o que me deixou bastante confuso.

– E o que o Senhor fez?

– Eu troquei as penas das asas do Erik, retirei a auréola dele e o enviei para o inferno. Achei que fazendo isso iria romper a ligação que acidentalmente ocorreu entre os espíritos de vocês dois, mas a ligação não foi rompida, o que me deixou nervoso. Percebi que vocês dois seriam anjos de asas unidas eternamente por conta daquele mero acidente, o que me deixou preocupado.

"Meu Deus! Além de o Erik ter sido um anjo um dia, eu e ele somos anjos de asas unidas! Por isso nos amamos! Essa cena que Deus acabou de descrever é a lembrança esquisita que tive depois de conhecer o Erik!", pensou Charlotte.

– Que estranho... Como podemos ser conectados espiritualmente se pertencemos a reinos sobrenaturais diferentes?

– Pois é, Charlotte, eu também não sei. Eu nunca tinha visto um anjo conectado espiritualmente com um demônio antes. Fiquei muito surpreso quando examinei a alma do Erik e percebi essa ligação espiritual entre vocês. Fiz o meu melhor para rompê-la. Então vocês se conheceram e se apaixonaram, e eu percebi que não consegui – disse Deus, um pouco triste.

– Por que o Senhor tentou romper nossa conexão espiritual?

– Porque eu estava com muito medo de que o Erik tentasse te corromper. Transformá-la em uma criatura como ele. Eu fiquei com medo de te perder para Lúcifer.

Charlotte respirou fundo e disse:

– Senhor, isso jamais aconteceria. Eu amo o Erik, mas não tenho a mesma personalidade que ele. Sou muito diferente dele.

– Eu sei, mas fiquei com medo mesmo assim... Tudo pode acontecer, sabe? Eu não queria arriscar.

– Entendi. O Senhor ficou preocupado comigo. Se eu fosse o Senhor, também teria ficado preocupada – disse Charlotte.

— Bom, vocês dois se amam e o Erik não te corrompeu. Isso é o que importa. Vocês podem ficar juntos, contanto que ele não te leve para a maldade.

— O Erik sabe dessa história?

— Não. Você é a única que sabe. Se quiser contar ao Erik, pode, mas eu acho irrelevante — disse Deus, rindo.

— Entendi. O Senhor deseja me falar mais alguma coisa, Deus?

— Sim. Não se assuste, mas há uma energia ruim vindo de você. Acho que você a contraiu porque andou muito com o Erik. Se você não se importar, irei examinar sua alma.

— Tudo bem. Pode examinar.

Deus lançou uma fumaça rosa em Charlotte e começou a analisá-la, como se estivesse procurando alguma coisa específica. Os olhos de Deus estavam arregalados, de tão concentrado que ele estava. Após alguns poucos minutos, Deus se afastou de Charlotte e disse:

— Tem um espírito ruim no seu corpo espectral. Deve ser um daqueles espíritos parasitas. Eles são invisíveis, existem apenas no inferno e às vezes invadem outros espíritos para roubar energia, o que os fortalece, mas enfraquece os espíritos que são invadidos. Estou achando muito estranho você não estar enfraquecida ou com dor... — disse Deus, desconfiado.

— Então... o que o Senhor vai fazer? — perguntou Charlotte, um pouco assustada.

— Vou localizá-lo e removê-lo. Talvez você sinta um pouco de dor.

— Tudo bem. Eu acho que posso aguentar — disse Charlotte, rindo.

— Claro que pode. A dor que você sentirá é bastante fraca. Não precisa se preocupar.

"Como Deus não mente, não tenho com o que me preocupar", pensou Charlotte.

Deus começou a procurar por espíritos parasitas em Charlotte, o que causou nela algumas dores de cabeça e nas costas, mas eram dores menos fortes que as que ela tinha quando perdia uma disputa de sopros. Charlotte percebeu que Deus estava tentando retirar um espírito ruim da sua barriga, mas não estava conseguindo, o que a assustou.

— Espere! Achei mais alguma coisa além desse espírito ruim... Como isso é possível? Não pode ser... — disse Deus.

— O que é? — perguntou Charlotte, curiosa.

— É um espírito bom. Você tem dois espíritos no seu corpo, mas não sei como o bom entrou aí. Não existem espíritos parasitas celestiais! Isso não faz o menor sentido!

— Bom, de qualquer maneira, o Senhor está conseguindo retirar esses espíritos? — perguntou Charlotte, com medo.

— Não. Eles parecem estar impregnados em você de um modo que eu nunca vi antes. Eles invadiram uma parte muito específica do seu corpo espectral... Não entendo o motivo — disse Deus, que voltou a exercer uma força dolorosa em Charlotte.

Deus usou seus poderes intensamente para tentar retirar aquelas forças espirituais estranhas, mas elas não saíam. Pareciam até interligadas com Charlotte.

Após vários minutos dando seu máximo para remover as almas parasitas, Deus tirou uma conclusão e parou de tentar. "Inacreditável...", pensou Deus. Charlotte estranhou. Deus estava assustado. Não sabia muito bem como dizer a verdade à Charlotte. Tinha certeza do que estava pensando, mas não fazia ideia de como se expressar.

— O que está acontecendo? — perguntou Charlotte, confusa.

— Meu anjo, as almas dentro de você não são parasitas, o que me alivia e me arrepia ao mesmo tempo — disse Deus, um pouco tenso.

— Senhor, por favor, me diga o que há dentro de mim. Estou com medo — pediu Charlotte.

Deus sorriu e disse:

— Espíritos mestiços. Um deles é bom e o outro é ruim, mas ambos são da mesma espécie.

— Por favor, me fale o que eles são — pediu Charlotte, desesperada.

— São bebês *tewazes*. Gêmeos. Você está grávida — disse Deus. Charlotte ficou paralisada. Não sabia para onde ir nem o que dizer. Achou que Deus a puniria. Suas pernas ficaram bambas. Ficou cabisbaixa e calada. Preferiu esperar Deus falar a ameaçar dizer algo. Charlotte sentia que estava encrencada.

— Não precisa ficar assim. Eu já suspeitava disso. Fique tranquila, eu não vou te castigar — afirmou Deus.

— Obrigada, fico muito feliz. Mas como isso é possível? Como isso pode ser verdade?

— Você deve ter engravidado em forma humana. Assim como é possível um espírito pegar doenças, morrer pela segunda vez e se ferir em forma humana, ele também pode engravidar. Parece bizarro, mas é verdade.

— Como esses bebês vão se desenvolver? Eu estou morta! — disse Charlotte, confusa.

— Eles vão se desenvolver normalmente.

— Se um dos meus bebês é um espírito ruim, como eu não estou enfraquecida, me sentindo mal?

— O único motivo de o seu bebê que é um espírito ruim não te enfraquecer severamente ou te causar mal-estar é porque ele é filho do seu amado Erik. Assim como você não sente repulsa em relação ao Erik por conta da ligação entre as almas de vocês, você também não sente pelo filho dele.

— E o que eu faço agora?

— Já terminei de falar com você, então pode sair e tomar um ar. Você precisa de um momento sozinha depois do que eu te contei. Respire fundo, reúna coragem e conte ao Erik sobre a gravidez, mas não se esqueça de que vocês dois precisam vir até aqui falar comigo depois que você fizer isso!

— Entendi, Senhor. Obrigada pela atenção. Até mais tarde — disse Charlotte, indo embora.

— Até mais, Charlotte — disse Deus, sorrindo.

Charlotte então saiu da sala de Deus e voou até sua casa. Ia demorar um pouco para ela conseguir assimilar toda aquela história de gravidez. Ela estava com medo de contar a Erik sobre os bebês e também de se prejudicar com a gravidez. Naquele momento, Charlotte só queria ficar sentada em seu sofá, tentando se acalmar, e não pensar besteiras. Ela queria ficar sozinha para poder pensar em como falaria para Erik que estava grávida sem se desesperar e o assustar demais.

27

Bebês *tewazes*

Depois de se acalmar um pouco, Charlotte saiu de sua casa e voou até a de Erik. Ao chegar lá, respirou fundo, rezou e bateu na porta. Ouviu os passos de Erik. À medida que ele se aproximava, os passos ficavam mais audíveis. Para não se desesperar, Charlotte respirou fundo duas vezes e disse em tom baixo, para si mesma:

– Você consegue, Charlotte. Você consegue.

Erik abriu a porta e disse, sorrindo:

– Oi, Charlie. Que bom que você veio. Entre.

Charlotte sorriu de volta e entrou na casa.

– Definitivamente não vou conseguir ficar no céu! Além de ser um lugar assustadoramente quieto, cheira a algodão-doce. E eu detesto algodão-doce! Todos os espíritos celestiais ficam sorrindo o tempo todo, é muito esquisito... Parece que estou em um desenho animado infantil! – disse Erik.

Charlotte riu muito e disse:

– Não se preocupe. Você vai se acostumar.

– Não vou, não. Eu me conheço. Gosto de lugares agitados, com música alta. Gosto de comer, beber, ir a *shows* de *rock*... Não tem nada disso aqui. Pelo que vi, aqui só tem algumas óperas, concertos, cafeterias e bibliotecas, o que não faz meu tipo – disse Erik, rindo.

– Eu entendo. Se você realmente achar que aqui não é o seu lugar, peça para um arcanjo te levar até Deus e diga a Ele que você quer se tornar uma *almae davey*. Eu irei junto com você. Mas antes de fazer isso, pense bem.

— Ainda bem, porque eu não suportaria me tornar uma *almae davey* e ficar sem você. Eu tenho certeza absoluta de que quero me tornar uma *almae davey*, mas, se você não quiser, eu tento aguentar o céu. Faço o que for necessário para ficar com você — afirmou Erik. Charlotte ficou um pouco corada.

— Eu não me importo de me tornar uma *almae davey*. Pra mim tanto faz. Contanto que eu não tenha que ir para o inferno, tudo bem — disse Charlotte, rindo.

— Eu também não quero ir pra lá. Se eu for, viro alma grelhada. Talvez Lúcifer jogue até um pouco de pimenta em cima de mim para eu ficar bem picante para o jantar dele. Eu não gosto de pimenta, mas ele com certeza gosta. Será que ele ia me querer ao ponto, bem passado ou malpassado?

— Que horror! Não diga isso! — pediu Charlotte, horrorizada.

— Me desculpe. É que eu acho melhor rir do que chorar por problemas. Faz eu me sentir um pouco melhor.

— Erik, eu tenho uma coisa muito importante pra te falar. Preciso que você não entre em pânico — pediu Charlotte.

— Você está me assustando... O que aconteceu de tão ruim a ponto de me deixar em pânico? Todas as sorveterias Häagen-Dazs do mundo fecharam, foi isso que aconteceu? — perguntou Erik.

— Fala sério, Erik! Isso pra você é uma catástrofe? Você entraria em pânico por isso?

— *Ja!* É claro que sim! Eu amo demais os sorvetes Häagen-Dazs!

"Só o Erik mesmo para dizer uma coisa assim...", pensou Charlotte. Ela não se conformava de Erik dar tanto valor para comida. Era algo inacreditável. Talvez existissem outras pessoas e almas parecidas com ele nesse quesito, mas Charlotte não conhecia nenhuma.

— Não acredito nisso... Enfim, o que eu quero te dizer é algo mais importante que isso. Muito mais — disse Charlotte.

— Tudo bem. Pode falar.

Charlotte olhou para os lados, arrumou seu vestido curto azul, fechou os olhos, respirou bem fundo e disse:

— Eu conversei com Deus. Ele me disse que pensava haver um espírito parasita em mim, mas examinou minha alma e não achou esse tipo de espírito. Achou um outro. Um que estava muito conectado a mim. Aliás, dois.

— Tudo bem... Continue — pediu Erik.

— Deus então me disse que essas almas não podem ser removidas porque elas são... são... dois bebês *tewazes* gêmeos. Eu estou grávida — disse

Charlotte, aliviada por ter dito logo o que desejava, mas ao mesmo tempo com medo da reação de Erik, que arregalou os olhos na hora.

Erik estava bastante surpreso, mas não aparentou estar em desespero ou com medo de algo. Ele nem sequer demonstrou sentimentos negativos. Para a surpresa de Charlotte, Erik sorriu e disse:

— Isso é muito incrível! Eu estou muito feliz por isso! Adoro crianças! Cuidarei com você dos nossos filhos com muito prazer! — Erik abraçou Charlotte, feliz.

"Ele não entrou em desespero! Caramba... Estou muito chocada", pensou Charlotte.

Depois do abraço, Erik disse:

— Você sabe como foi possível você engravidar?

— Sim. Deus me disse que quando uma alma assume forma humana fica sujeita a tudo que uma pessoa viva normal fica, e entre essas coisas está engravidar, então...

— Entendi. Essa gravidez não te traz nenhum tipo de risco, certo? — perguntou Erik, um pouco preocupado.

— Não faço ideia. Deus disse para eu te contar sobre a gravidez e depois falarmos com Ele. Os anjos não têm acesso direto à sala de Deus, temos que procurar um arcanjo para nos levar até lá — disse Charlotte.

— *Okej*. Vamos fazer isso agora mesmo. É muito difícil achar um arcanjo?

— Não. Eles voam pelo céu o tempo todo. É fácil de identificá-los porque eles têm uma marca em forma de nuvem no rosto.

— Vamos lá, então.

Charlotte e Erik abriram a porta da casa, saíram de lá e começaram a voar pelo céu procurando um arcanjo. Erik viu vários anjos e almas celestiais circulando pelo céu. Eles estavam sorridentes e serenos. Pareciam ser tão puros quanto uma criança, mas Erik sabia que, mesmo eles estando no céu, um dia cometeram pecados. Ninguém no mundo celestial era perfeito além de Deus, e Erik sabia muito bem disso.

Em minutos, Charlotte e Erik acharam um arcanjo. Era uma mulher alta, negra e de olhos castanhos intensos. Seus cabelos eram crespos e seu corpo, robusto. A marca de nuvem em seu rosto era azul-turquesa e relativamente pequena. Sua auréola brilhava bastante. A mulher era Zulai Mahama, mãe de Ashia. Ela havia sido uma pessoa extraordinária em vida e Charlotte a conhecia.

— Olá, Charlotte. Tudo bem? — disse Zulai, sorrindo.

— Tudo bem. E com a senhora? — perguntou Charlotte, sorrindo de volta.

— Tudo bem, obrigada. O que você deseja, querida?

— Gostaria que você levasse eu e meu... amigo até a sala de Deus. Preciso falar com Ele.

— É claro – afirmou Zulai, que estalou os dedos e teletransportou Erik e Charlotte rapidamente até a sala de Deus. Erik não havia notado que Deus não tinha guardas ou servos e, quando notou, se surpreendeu. Ele também viu que a sala de Deus era dentro de uma casa pequena e simples, porém bonita, assim como as casas dos anjos, dos arcanjos e das almas celestiais.

— Sério mesmo que você disse àquela senhora que sou seu amigo? Não acredito... – disse Erik, rindo.

— É que eu não queria que ela começasse a fazer perguntas – disse Charlotte, rindo também.

Deus levantou de sua pequena cadeira e se aproximou de Erik e Charlotte. Ele parecia um pouco tenso.

"Por que Deus está tão misterioso?", pensou Charlotte.

— Olá, anjos. Sejam bem-vindos mais uma vez à minha sala. Obrigado por se lembrar de que eu queria falar com vocês dois, Charlotte – disse Deus.

— Não precisa me agradecer, Senhor – disse Charlotte.

— A Charlotte já me contou sobre os bebês e disse que você queria nos dizer algo, por isso viemos até aqui – disse Erik.

Deus respirou fundo e disse:

— É exatamente sobre isso que eu quero falar com vocês. Preciso que vocês façam uma escolha muito importante.

Erik e Charlotte se olharam um pouco assustados, depois olharam para Deus e disseram ao mesmo tempo:

— Que escolha?

— A gravidez da Charlotte é perigosa. Como ela está carregando bebês *tewazes*, ela corre o risco de desintegrar naturalmente quando a gestação chegar no sexto mês. Vocês têm duas opções: correr esse risco ou me deixar remover os bebês do ventre da Charlotte, humanizá-los e colocá-los no de uma humana viva.

Por mais que Charlotte não quisesse se tornar *espéctrion*, também não gostaria que outra mulher gerasse seus filhos. Já Erik tinha certeza de que era melhor Charlotte deixar Deus colocar os gêmeos *tewazes* no ventre de uma outra mulher viva.

— Eu não sei o que faço. Não queria que outra mulher gerasse meus filhos... – disse Charlotte, triste.

— Charlie, não seja burra! Você não pode correr esse risco! Se você escolher se arriscar desse jeito, ficarei chateado com você! – disse Erik.

— Eu sei. Fique tranquilo, eu não arriscarei ser desintegrada. Só estou magoada por... dar meus filhos a uma outra mulher – disse Charlotte, ainda triste.

— Não fique assim, querida. Eu me certificarei de que elas ficarão bem. Só não posso garantir que elas serão enviadas para uma mesma família. Talvez sejam separadas no meio do processo – afirmou Deus.

— Só quero que elas fiquem bem. E nem sabia que meus bebês são duas meninas... Isso é muito legal! – disse Charlotte, feliz.

— É mesmo! Eu sempre quis ter uma filha! – disse Erik, também feliz.

— Antes de qualquer coisa, tenho uma pergunta: por que você tem que humanizar as duas meninas? – perguntou Charlotte.

— Porque elas são espíritos... E as mães delas ficariam assustadas se vissem que suas filhas são espíritos em vez de pessoas vivas. Além disso, ao humanizá-las, será possível adiar o dia em que os poderes *tewazianos* delas serão liberados – disse Deus.

— Então elas não perderão os poderes de *tewaz* ao serem humanizadas? Que bizarro... – disse Erik.

— Pois é. Não tem como os poderes das meninas serem retirados porque eles são quase um órgão vital delas. Além disso, por serem *tewazes*, mesmo humanizadas, elas serão imunes a dor, a qualquer tipo de machucado e também à morte. Elas serão imortais – afirmou Deus.

— Que maluco! – comentou Erik.

— Posso começar o processo? Estão prontos? – perguntou Deus.

Charlotte e Erik se olharam, se abraçaram e olharam para Deus.

— Bom, pode retirar os bebês de mim agora se quiser, Senhor. Estou pronta – afirmou Charlotte.

Deus concordou com a cabeça e começou a liberar várias coisas com a mão, entre elas um ofuscante brilho laranja. Em certo momento do processo, Charlotte viu duas bolinhas brilhantes saindo dela.

— Essas bolinhas são seus bebês – disse Deus, sorrindo e liberando algumas faíscas para humanizá-los. Então, colocou uma camada protetora em volta dos embriões e os lançou para direções aleatórias, dizendo: – Levem esses embriões para um lar feliz, ventos! Levem-os para bons pais!

Logo depois, Deus liberou um vento com as mãos que empurrou os dois embriões para longe.

— Finalizei o processo. As filhas de vocês estarão em breve sãs e salvas no ventre de mulheres muito carinhosas que desejam muito ter filhos. Elas ficarão muito felizes com a chegada de suas filhas — disse Deus.

— Como os bebês chegam até essas mulheres? Simplesmente impregnam no útero delas? — perguntou Erik.

— Não apenas isso. Esses bebês chegarão em mulheres já grávidas. Suas filhas ocuparão o outro lado do útero da nova mãe, ou seja, terão um irmão gêmeo adotivo. A família não saberá que elas não são parentes de sangue dos pais. Pelo menos não tão cedo... — disse Deus.

— Você já sabe onde elas estão? — perguntou Charlotte, curiosa.

— Claro. Uma delas está neste momento no útero de uma irlandesa chamada Brianna Smith, e a outra está no de uma italiana chamada Giulia Petrini. Fiquem tranquilos porque essas mulheres cuidarão bem de suas filhas.

Erik ficou um pouco apreensivo quando Deus disse que uma de suas filhas nasceria de uma irlandesa porque Liam, que quase o desintegrou, era irlandês.

— Que bom, mas por que você não conseguiu levar as duas meninas para a mesma mãe? — perguntou Erik.

— Eu consigo controlar os ventos, Erik, mas não totalmente. Disse a eles para levar as meninas a um lar receptivo, mas não tem como eles as levarem com certeza para o mesmo lar. Os ventos não absorvem tantas informações.

"Não sabia que ventos entendiam coisas...", pensou Erik.

— Obrigada por levar meus bebês para famílias boas, Deus. Espero que elas sejam bem cuidadas. Rezarei por elas sempre — disse Charlotte sorrindo.

— Também rezarei por elas. Pretendo visitá-las toda semana. Aliás, em que cidade a família delas mora? — perguntou Erik.

— A família de uma delas mora em Dublin e a da outra, em Florença. Já sei até o nome que os pais darão a elas... — disse Deus.

Charlotte se espantou e disse, ansiosa:

— Sério? Quais são?

— A filha irlandesa de vocês se chamará Katherine O'Donnell, e a italiana se chamará Daniela Falconi.

— Nomes bonitos. Gostei. Os pais adotivos têm bom gosto — comentou Erik.

— Concordo — disse Charlotte.

Erik então se lembrou de algo e disse:

— Charlotte, quase fui embora sem pedir pra Deus me transformar em uma *almae davey*! Ele precisa fazer isso agora!

— Tem razão. E eu também quero me transformar em uma *almae davey*. Faço qualquer coisa pra ficar com você – disse Charlotte, sorrindo.

— Obrigado. Você é incrível – disse Erik, sorrindo de volta e beijando Charlotte.

— Tem certeza do que querem? Se vocês realmente quiserem isso, enviarei outro anjo para Jillian, e provavelmente Lúcifer enviará outro demônio. Posso iniciar o processo? – perguntou Deus, liberando algumas substâncias vermelhas com as mãos.

Erik e Charlotte se olharam, respiraram fundo e disseram:

— Sim!

Deus sorriu e liberou muitas das substâncias vermelhas que antes estavam em menor quantidade em sua mão, o que fez Charlotte e Erik perderem suas asas e seu brilho celestial. Logo depois, lançou um raio de luz violeta e fez com que Charlotte e Erik perdessem suas auréolas. Automaticamente, ambos foram teletransportados do céu para o Gaker Monda, onde vivem as *almaes daveys*. Ambos estavam muito felizes por finalmente poderem ficar juntos.

28

A verdade sobre Hillary

No dia seguinte, Charlotte passeou com Erik pelo Gaker Monda, depois voou até Melbourne para ver o nascer do Sol. Estava um pouco triste por não ser mais um anjo, mas o que realmente importava para ela era estar com Erik. Ao chegar à cidade, Charlotte pousou em frente ao rio Yarra para admirar a paisagem. O Sol já estava nascendo. O céu começava a ficar alaranjado e rosado. Charlotte até fechou os olhos para sentir a brisa em seu rosto. Alguns segundos depois, Hillary chegou a Melbourne para ver a mesma coisa que Charlotte, se aproximou dela e disse, sorrindo:

– Oi, Charlie. Estava com saudades de você. Também vim ver o nascer do Sol, sinto falta disso...

Charlotte arregalou os olhos ao ver Hillary e ficou tensa, pois suspeitava de que Hillary poderia ter sido a responsável por Erik ter quase sido desintegrado.

– Oi, Hilly... – disse Charlotte, forçando um sorriso.

Hillary riu. Charlotte estranhou.

– Por que você riu? – perguntou Charlotte, franzindo a testa.

– Ri porque sei muito bem o que você está pensando.

"Tudo bem, então...", pensou Charlotte, dando de ombros. E disse:

– Então me diga o que você acha que estou pensando.

– Você acha que eu dedurei o Erik para o Lúcifer. Estou certa?

Charlotte suspirou e disse, com um leve peso na consciência:

— Sim. Sua ex-amiga, Bonnie Turner, veio até mim há pouco tempo e me disse que você sempre foi uma pessoa bastante... sádica. Ela também disse que você tem inveja de mim e que estava planejando fazer algo contra mim.

Para a surpresa de Charlotte, Hillary ficou extremamente assustada e com um pouco de raiva. Não esperava que Charlotte pensasse que algo como aquilo fosse verdade.

— Você acreditou naquela idiota?! Eu realmente sou um pouco sádica, sempre fui violenta com pessoas que me deixavam com raiva, mas jamais faria algo contra você! Somos melhores amigas! A Bonnie sempre teve essa mania de se fazer de vítima e me ferrar... — disse Hillary, irritada.

— Como assim? Mas ela é uma alma celestial, por que mentiria para mim? — perguntou Charlotte, franzindo a testa.

Hillary suspirou e disse:

— A Bonnie pagou um anjo espanhol chamado Francisco Suárez para fazer o brilho laranja em volta dela se tornar azul, o que a disfarçou de alma celestial e a fez poder entrar no céu. Ela só fez isso para te induzir a pensar mal de mim. Esse anjo é muito corrupto e foi expulso do céu nesta semana. Você já deve ter ouvido falar dele.

Charlotte estava incrédula. Realmente já ouvira falar do anjo corrupto Francisco Suárez, mas não sabia que ele tinha prestado serviço para Bonnie Turner.

— Como você sabe que ela fez isso? — perguntou Charlotte.

— Duas almas infernais que são amigas minhas e trabalham para o mesmo diabo que eu me contaram. Fiquei furiosa quando elas me contaram isso. Eu não esperava que a Bonnie tentasse me ferrar de novo. Infelizmente não deu tempo de eu te avisar sobre isso... A Bonnie executou o plano maligno dela rápido demais... — disse Hillary, frustrada.

— Mas... a Bonnie me disse que deixou de ser sua amiga porque você era muito agressiva com as pessoas.

— O quê?! Fui eu quem deixei de ser amiga dela, justamente porque ela queria que eu fosse mais violenta com as pessoas! Ela me ferrou por isso! Fez todos me odiarem! A Bonnie sempre ferra quem não faz o que ela quer! — disse Hillary, furiosa.

— Eu não sabia disso... — disse Charlotte.

— Eu nem sequer sabia que o Erik seria desintegrado! Só soube porque descobri o plano da Bonnie! A Naomi me disse que a Bonnie e o Liam se aliaram para acabar com o Erik e para te fazer acreditar que eu era a vilã da história! Foi tudo planejado! — disse Hillary.

— Entendi. Eu jurava que você estava armando contra mim... Achei que você quisesse me fazer sofrer por conta da inveja que sente de mim.

— Eu realmente tenho um pouco de inveja de você, mas nunca te faria mal. Você é minha irmã querida. Somos grandes amigas — afirmou Hillary, um pouco chateada com o fato de Charlotte ter pensado besteiras sobre ela.

Charlotte sorriu, abraçou Hillary e disse:

— Me desculpe, Hilly. Me deixei levar por aquela tonta! Não acredito!

— Está tudo bem. Estou acostumada a ser julgada mal pelas pessoas — disse Hillary, ainda um pouco magoada.

"Meu Deus! Eu jurava que minha irmã estava armando para mim! Acreditei em uma menina que mal conheço! Como fui idiota...", pensou Charlotte, brava consigo mesma.

Mesmo sendo um pouco agressiva e má, Hillary não tinha planos contra Charlotte e Erik. Hillary era bem menos cruel do que Charlotte pensava. Bonnie era uma mentirosa e Charlotte ficou furiosa por ter caído na mentira dela.

— O que aconteceu com suas asas? — perguntou Hillary, assustada ao ver que as asas de anjo de Charlotte haviam sumido.

— Eu... Eu estou em forma humana. Minhas asas somem quando assumo forma humana — disse Charlotte, forçando um sorriso.

Hillary não acreditou muito nas palavras de Charlotte.

— Me diga a verdade, Charlie. Eu te conheço. Você está mentindo pra mim.

— Não, eu não estou — disse Charlotte, um pouco tensa.

— Me diga a verdade! — pediu Hillary, um pouco brava.

— Está bem! Eu não sou mais um anjo! Me tornei uma *almae davey*! O Erik se salvou de ser desintegrado porque eu fiz a mancha branca cobrir as asas dele por completo e o transformei em anjo! Como o Erik sabia que não duraria no céu, pediu a Deus que o transformasse em uma *almae davey*... E como eu não queria me separar dele, pedi a Deus que me transformasse em uma também! — Charlotte estava aliviada por dizer a verdade.

Hillary riu e disse:

— Caramba... Que história maluca. Ouvi dizer que as *almaes daveys* ficam no Gaker Monda. Você gosta de lá?

— Sim. É um lugar tranquilo, e as almas que vivem lá são legais.

— Que bom! Deve ser bem melhor que o inferno, onde as almas quase se desintegram de tanto jogar fogo umas nas outras... — disse Hillary, que sentiu calafrios só de pensar.

— É definitivamente melhor que isso... – disse Charlotte, rindo.
— Mas você sente falta do céu, não sente?
— Sinto um pouco, sim. Mas eu gosto bastante do Gaker Monda. Além disso, o que realmente importa é que agora posso ficar com o Erik.
— Entendi. Que bom que você está feliz... Eu ficaria ainda mais feliz agora se comêssemos algo gostoso – disse Hillary, com fome.

Charlotte riu e disse:
— Bom, o que você acha de tomarmos um *milk-shake* agora? Conheço um lugar em São Francisco onde tem *milk-shakes* deliciosos...
— Boa ideia! Eu amo *milk-shake*! – disse Hillary, muito feliz.

Charlotte e Hillary voaram então para longe de Melbourne, rumo a São Francisco, para tomar um *milk-shake* e descansar um pouco.

Charlotte estava aliviada por descobrir que não fora sua irmã a culpada por Erik quase ser desintegrado. Também estava surpresa por ter descoberto que Bonnie era uma mentirosa que só queria sujar a reputação de Hillary. Enquanto passeava por São Francisco com Hillary, Charlotte não parava de sorrir, pois além de estar com sua irmã e melhor amiga, agora poderia ficar com Erik para sempre sem ter nada a temer.

O amor entre Erik e Charlotte ia muito além de apenas uma ligação espiritual. Eles se amavam como duas almas jamais se amaram antes e ficariam juntos para sempre. Erik e Charlotte eram completamente diferentes, mas se amavam muito.

Impresso por
META
www.metabrasil.com.br